パッション

PASSION

Ryo Kurashina 倉科 遼

パッション

［目次］

巻末資料

プロローグ

その男、眞田《さなだ》幹雄《みきお》――

――埼玉県草加《そうか》市。

「草加せんべい」くらいしかイメージのない人も多いだろうが、埼玉県の南西部に位置し、県内で六番目の人口を抱える街である。

東口にはイトーヨーカドーや丸井などが入居する複合商業施設『ＡＫＯＳ《アコス》』があり、ベッドタウン的な役割を持つ西口には、駅前の商業ビルやマンションの一階に飲食店やキャバクラなどが軒を連ねる。いわゆる〝盛り場〟という表現が似合う街並みが広がっている。

――この街にその男はいた。

ブブブブ……。

ホンダの自動二輪・スーパーカブにまたがる三〇代半ばの青年……年よりも若く見え、二〇代前半でも通じる童顔だ。腰には『酒のたにぐち』と書かれた前掛けをしている。

「こんにちはー。お酒のお届けでーす」

ある雑居ビルの一階に面したキャバクラで、青年はまだ準備中の店内にそう声をかけると、バイクの荷台に固定されていたビールケースを外し、店内へと運んだ。

「……」

青年はケースを運びながらも、その視線は開店前の店内を隅々まで隙なく見ていた。店長らしき三〇代半ばの男性はそんな視線にはまったく気づかず、「ご苦労さん。たまにはどうだい？　まけるよ？」と、グラスを口に運ぶ仕草で飲んでいかないかと誘ってくる。

「ありがとうございます。せっかくですが、まだ仕事が残ってるんです……」

「相変わらず堅いねぇ。こういう店で飲んでいくのも社会勉強だぜ」

「すいません……」

青年は人懐っこい顔で申し訳なさそうに答えた。

そして店を後にすると青年はバイクを駆り、今度は別のキャバクラの前で降りた。店の名前は『V's草加店』。

ここは最近、勢いに乗っている店で、他にも都内に『J倶楽部　東十条店』、埼玉県内に『V'sⅡ草加店』『V's南越谷店』など、一年以内に五店舗も立て続けにオープンさせ成功させている〝オズ・グループ〟の店だ。

青年は前掛けを外し、すぐ横の駐車場に止められていたベンツに乗り込むと、車内に用意しておいたスーツに着替える。

それまでの汗とホコリにまみれた配達のあんちゃん風から一転、別人のように凛《りん》とした風格を漂わせている。そして店のドアを開けた。

「社長！」

青年のことをそう呼ぶと、店長もキャストも彼を待っていたかのように安堵《あんど》の表情を浮かべた。

「うん、おはよう」

青年もまったく動じることなく、それに応えると視線を店内に向けた。

「責任者を呼べって言ってんだろうが！」

早い時間にもかかわらず、店内のすべての客席は埋まっており、盛況を見せていた。しかしその中の一角では、いかにもヤクザといった風体の男三人が、酔っぱらった様子で怒鳴り散らしていた。

青年は臆《おく》する様子もなく、その三人のところまで行くと営業スマイルを浮かべながら言った。

「お待たせしました。それでさっそくなんですが……」

いったん言葉を区切ると、〝キッ〟と一転、射抜くような鋭い眼差しになり……。

「出てけや、この野郎っ！　そして二度と来るなっ！」

「――ッ！」

当の三人はもちろん、店内にいたお客たちも言葉を失った。

――青年の名前は、眞田幹雄。

数年後、総合エンターテインメント・グループである〝インフィニー・グループ〟を築き、草加を中心としたネオン街を統《す》べる男……。

[第一章] オリジネーション
origination
はじまり

反逆児・

「今日からお友達になる眞田幹雄君です。みなさん、仲よくしましょう」

　小学校二年生の教室。どこにでもある転校初日の風景。幹雄は新天地での孤独と不安に緊張し、クラスのイジメっ子はその様子にニヤケた笑みを浮かべながら、獲物を狙う獣のようにホームルームが終わり、担任の教師が去るのを待つ。

　しかし自分を狙うその視線に気づいた幹雄は、ホームルームの終わりを待たずに、イジメっ子めがけて狭い教室の中を全力で突進し、その勢いを借りたまま席に着いている相手に飛び膝蹴りを喰らわせた。

　ズダーンッ！

　いきなりのことに身構える隙もなかったイジメっ子は、勢いよく床に倒れた。幹雄がすかさず馬乗りになると、そこからは一方的だった……。

　担任の教師に取り押さえられた幹雄には転校早々、職員室でのお説教が待っていた。

しかし彼に後悔はなかった。滅茶苦茶な行動ではあったが、これには七歳の少年なりの経験に基づく転校先で生き抜いていくための知恵……持論があるからだ。

一歩でも引いたら負けだ。　度ナメられたら、その後もずっとイジメられ続ける。

それがわずか七年間の人生で学んだことだった。この幼さでそんな考えに至った背景には、生まれた時からはじまる流転の生活がある。

幹雄には父親がいなかった。厳密にはいたのだが、一緒に暮らした記憶も皆無に等しく実質的には母とのふたり暮らしだった。

「父ちゃんは仕事で遠くに行っているから、なかなか帰れないの」

そう聞かされていたが、幹雄にとってそれは大きな問題ではなかった。問題だったのはお金がないことと、母が病弱でつねに床に伏していることだった。

父がどこでどんな仕事をしているのかはわからなかったが、どうも仕送りというものはないようだった。そして働くこともままならぬ病弱な母……。必然的に生活は困窮し、幹雄と母は親戚を頼り転々とした。

それは幹雄が小学校にあがってからも続き、最初のころ、気の弱かった幹雄は転校する先々でイジメられた。しかし一カ月から半年ごとに転校を繰り返していくうちに幹雄は悟る。

「どうせすぐ転校するなら友達なんてつくる必要はない。先生からどう思われても構わない。とにかく自分の身は自分で守るしかないんだ」

こうして小学校二年生も半ばのころになると、幹雄はすっかり〝転校のベテラン〟になっていた。

しかし、いくら強がっても、もとは繊細な心を持った優しい少年である。このころ、母親が入院することもしばしばあり、そのたびに心を痛める日々が続いた。ましてや幹雄たちが生活しているのは親戚の家……。いくら身内とはいえ、タダ飯食らいの幹雄たちは肩身の狭い思いをしていた。

もちろんそれでも置いてくれることに感謝していたが、ワガママのひとつも言えず、「母と遊びたい」「心おきなくご飯を食べたい」など、自分の気持ちを押し殺すことに自然と慣れていった。

そして母の負担を少しでも減らそうと、学校がはじまる前の早朝に新聞配達の仕事もはじめた。とにかく幹雄にとっては、母が唯一の拠《よ》り所だった。

おやじ……

ドンドンドンドンドンッ！

けたたましいドアを叩く音で幹雄は目覚めた。この時、幹雄たちは親戚の家ではなく、二部屋しかない古ぼけた借家に住んでいた。

ガラッ……。

すでに午前〇時をまわった時間に訪れたのは、酒に酔った父だった。ほとんど家に帰って来ない父が珍しく家を訪れる時はいつもこうだった。夜中に酒に酔っていて、そして——。

「うるせぇ！」

父の怒号とともに母が畳の上に倒れた。倒れたにもかかわらず、父は止まることなく母に拳《こぶし》を振り上げた。

「やめろよっ！」

幹雄はまだ小さいその体で父に突進していくが、相手は大人。クラスのイジメっ子とはわけが違う。父の前に幹雄は無力に弾き飛ばされた。

幹雄にとって父は憎悪の対象でしかなかった。たまに帰ってきては、母と自分に手を上げる父。転校ばかりしなくてはならない生活の原因も父だ。しかしそれ以上に、そんな父でも必要としている母のそばにいてくれないことが一番、憎らしかった。

しかし小学校も高学年になってくると、父が家を訪れる頻度が増えた。相変わらず世間でいう〝父親らしい姿〟は微塵《みじん》もなかったが、それでも父と母と三人がひとつ屋根の下で暮らすことに幹雄は初めて家族を実感した。

しかし、そんな生活も長くは続かなかった。

幹雄が中学校に入学し、新しい生活にも慣れてきたころ、幹雄は校内放送で職員室に呼び出された。

（何かしたっけ…⁉）

職員室に向かいながら、幹雄は最近の自分の行動を思い返した。優等生ではないことは確かだったが、教師から説教を受けるほどのことをした記憶もなかった。そんな幹雄を職員室で待っていたのは、慌てた様子の担任の教師と、その口から放たれたひと言だった。

「眞田……、お父さんが交通事故で亡くなったそうだ」

「……」

現実味のないその言葉に幹雄は何も答えられなかった。というよりも言葉が耳の中を通り過ぎ、頭に届いていない――そんな感覚だった。

そして担任に連れ添われ病院に着くと、そこには泣き崩れる母の姿があった。そして弟の姿も……。

弟は幹雄のように母とともに親戚の家を渡り歩くには、まだ小さすぎた。そのため、子供のいなかった親戚の家が引き取ることとなり、以来、別々に暮らしていた。弟といっても父親以上に面識は少なかった。しかし血というのは不思議なもので、それでも会えばやっぱり弟なのだと感じていた。

だが、この時ばかりは久しぶりに会った弟よりも、寝台の上で白い布を掛けられ微動だにしない父のほうにしか意識は向かなかった。

酒を飲み、あれだけ好き勝手に暴れていた父が、いまは何も言わずに静かに横たわっている。見ると清められ、ずいぶんキレイにはなっているが、あちこちに傷やカサブタがあった。

「……」

物言わぬ父と向き合っても、そこにはもう命が宿っていないという実感は湧かなかった。起き上がって、また暴れだすんじゃないか――そんな気がしてならなかった。

父の死を認めたくない気持ちがそう思わせているのか、自分でもよくわからなかったが、それが何の意味もないことだということはわかっていた。おそらく、だからなのだろう……幹雄は自分に言い聞かすように呟《つぶや》いた。

「ああ……、おやじは死んだんだ……」

父の死は、酒に酔い潰れて路上で寝ていたところを車にはねられたのが原因だった。そのいい加減なところが父らしい最期だと幹雄は思った。

「クソおやじ……」

憎しみからなのか、感謝からなのか、寂しさからなのかはわからなかったが、それが幹雄が父に言った最後の言葉だった。

父が残したもの

父の死からしばらくして幹雄の生活が一変する出来事が起こった。父の保険金と交通事故の慰謝料が入ったのだ。もちろん父の他界はそのためのものではなかったが、それでも幹雄と母は家を借りて、根を張ることができた。ようやく流転の生活が終わったのだ。

ひとつの地に長く留まるという人生初めての経験を通して幹雄が得たものは、〝友達〟だった。

同じ年の子供たちと比べると、はるかに苦労してきた幹雄は圧倒的に大人だった。気づけば幹雄のまわりには、彼を慕う子分たちが取り巻くようになっていた。

それもそうだろう。中学一年にして生活の最優先がテストの成績よりも、部活よりも、「食うに困らないこと」だったのだから。

小学生時代から続けてきた新聞配達の仕事をしなくとも、普通の中学生としての生活を送れるようにはなったが、そんな幹雄だけに、いつまた生活が苦しくなるかわからないからと、新聞配達はそのまま続けた。

しかし人は「余裕」ができるといろいろと考えはじめるもので、幹雄はその新聞配達を子分たちにやらせた。もちろん、そのバイト代をひとり占めにでもしようものなら、たちまち反発をかってしまうが、そこはキチンと子分たちと分配した。とはいっても、何もしない自分の取り分もしっかりと取ってはいたが……。

それでも子分たちは、バイトを仲間たちと遊び感覚でやっていた上に、親から貰うよりはるかに多いバイト代に喜んだ。

生まれついての商才か、これまでの過酷な経験から学んだことなのかはわからないが、このころから人を使う術《すべ》の片鱗《へんりん》を身に着けていたのは確かだろう。

普通の人にとってはごくあたり前の日常だが、幹雄にとっては経験したことのない穏やかな日々が流れた。

そして中学三年生になり、今後の進路について保護者を交えて話をする三者面談のころを迎えた。いくら人並みの生活を送れるようになったとはいえ、まだまだ経済的に苦しいのは確か……。幹雄は卒業したら働くつもりでいた。

「せめて高校くらいは出なさい」

そう言う母の言葉の裏には、「せめて高校くらいは出させてやりたい」という強い気持ちが込められていた。親のせいで息子の人生の選択肢を狭めるようなことはしたくないという想いが……。

母のその内なる想いは、幹雄にも真っ直ぐに伝わった。しかし想いだけではどうにもならないことも現実にはあった。

「でも、そしたらまたお金がかかる。どうせ勉強は好きじゃないし、だったら俺が働けば少しは母ちゃんを楽させられる」

「子供がそんな心配するんじゃない。お金の心配ならしなくていいから」

「でも……」

「父ちゃんね、滅多《めった》に家にいなかったけど、〝幹雄の学費に〟って毎月仕送りをしてくれてたの。ちょっとの額だったけど毎月欠かさず死ぬまでずっと……。生活費もよこさない人が学費だなんて笑っちゃうよね」

幹雄は驚いた。これまで親戚の家を転々としていたのだから、そんなお金などあるはずもないと思っていたし、それ以上にあのろくでもない父が自分のためにそんなことをしてくれていたことに驚いた。

そして同時に、親戚に頭を下げ、辛い生活を送ってまで自分のためにお金を貯めていてくれた母の想いに何も言えなくなった。

「そのお金があるから、幹雄が高校を卒業するくらいまでなら何とかなるから。だから高校だけは行ってちょうだい」

(高校に行かないと、母ちゃんが悲しむ。母ちゃんのこれまでの想いを踏みにじることになる)

そして幹雄は遅まきながら受験勉強を開始した。

これまで生きるために必死だった幹雄にとって、本腰で取り組んだ勉強は難しいものではなかった。当然ながら、間違えても食うに困るようなことになるはずもなく、痛い目に遭うこともない。勉強はいわばゲームのようなものだった。事前に教わった事柄を覚えて応用して、その正否が採点される。間違えたら、その部分をもう一度見直す。この繰り返しでどんどん成績はあがっていった。

成績があがるたびに母は本当に嬉しそうに幹雄を褒め、幹雄もそれを励みにさらに勉強を続けた。

そして、わずか半年ほどの間に、幹雄は学年でトップクラスの成績を取るようになった。これには生徒たちはもちろん教師たちも驚いた。

翌春、幹雄は奨学金を受けられるだけの成績をおさめ、都内の工業高校の電子科に入学した。

涙

母の願いであった高校入学を果たした幹雄は、そのまま優等生の道を歩みはじめた。勉強にも励み、入部したサッカー部でも活躍し、二年生になるとキャプテンにも任命された。

しかし輝かしい高校生活とは対照的に、このころになると母は床に伏せることがさらに多くなり、入院する頻度も増えていた。一日のほとんどを病院のベッドの上で寝て過ごし、起きている時間もわずかになった。幹雄は母の看病に専念することを希望したが、母はそれを許さなかった。

仕方なく幹雄は学校に行くと、その日の授業が終わるのを待ち望み、放課後になると部活には出ずに、病院へと向かう日々が続いた。

しかし、そんな日常は意外なほど早く終わりを告げた。


その日も幹雄は学校に行くと、上の空で授業を受けていた。教壇で熱心に教えている数学の教師の声も、幹雄の耳には届いていなかった。

ガラッ！

突如、教室の引き扉が勢いよく開くと、担任教師が血相を変えて駆け込んできた。

「！」

生徒たちはもとより、数学の教師も「何事か？」といった表情で担任教師の姿を見たが、幹雄だけは力なく視線を向ける程度だった。

担任教師は説明もなく慌てた様子で幹雄のもとに向かってくると言った。

「お母さんが……危篤になられた」

その場にいた全員の表情が凍った。しかし幹雄本人だけは不思議と落ち着いていた。父親が死んだ時のような現実感のなさもあったが、どこかで覚悟していたところも少なからずあったからだ。


病院に着いた時、母に意識はなく、一定のリズムで鳴る心音図の音が母の命を伝えていた。

「母ちゃん……」

横たわる母の枕元に立った時、無意識のうちにそう言葉が出た。母を呼ぼうとしたのか、ただ呟いただけなのか、幹雄本人にもわからなかった。

それからどれだけの時間が経ったのか……。数分なのか、数時間なのか、それともまだ一分にも満たないのか。定期的に鳴る心音図の音を数えるように、幹雄はただ黙って母の顔を見ていた。その先に希望があるのかさえわからなかったが、母を治すことも痛みを和らげることもできない自分にはそうするより他にできることがなかった。心底自分の無力を痛感した。

さらに時間が流れた。窓からは西陽が差し込み、もうすぐ訪れる宵闇のはじまりを感じさせた。

沈みゆく陽の光は、母の命のようだった。沈む間際、最後の力を振り絞り赤く眩《まばゆ》く輝いた。

「……」

言葉を発することはなかったが、母はわずかにほんの微かにだったが、目を開いた。

「母ちゃん……！」

目を凝らさなくてはわからないほどわずかだったが、その母の眼差しはいつもと変わらない優しさと温もりをたたえていた。

「母ちゃん！　母ちゃん！　母ちゃん！」

母の手を握り締め、何度も叫んだ。母は何も言わずに微かに開けた目で幹雄を見ていた。すでに母に意識はなく、見ているという自覚すらないのかもしれなかったが、幹雄はただただ母を呼んだ。

しかし、その声は母に届いたのか届かなかったのか。母の瞼《まぶた》は徐々に閉じていき、その間から垣間見えた眼差しは風に揺れるロウソクの焔のように力なくなっていった。

そして宵の闇が訪れた。

「か……ちゃ……」

母の手を強く握ったまま、幹雄は泣いた。この日が遠からぬうちに訪れることを覚悟していたが、現実に訪れたこの胸の痛みは到底、耐えられるものではなかった。幹雄は溢《あふ》れる涙が枯れるまで母の手を強く握っていた。

卒業

幹雄が感じた胸の痛みは時間とともに、胸にポッカリと大きな穴を空けた。

桜の木々はすっかり花びらを失い、代わりに芽吹いた生命力に満ちた新緑の葉が、もうじき訪れる夏を予感させていた。

(もう母ちゃんもいないんだし、学校なんて行く必要もねぇか……)

幹雄の心に新たな芽が出ることはなく、昼夜を問わずバイトとナンパに明け暮れた。

和菓子屋に勤めた時などは仕事をしつつ、その合間には和装の女将をナンパし、趣味と実益を兼ねた。

「オマエみたいなヤツ、見たことがない!」

もちろん、そのナンパは玉砕したが、この破天荒なバイトには女将をはじめ職人の男たちも愛着が湧いていた。

そんな生活が一年以上続き、卒業式まで三カ月を切ったある日、幹雄のもとを訪れる人物がいた。担任の教師だ。

「元気そうだな」

幹雄の心情を察するかのように教師は言葉を選んだ。

「……」

幹雄は何も応えなかったが、教師は言葉を続けた。

「オマエ、これからどうするんだ？　このままじゃ卒業できないぞ」

説教というよりは、心配して言っているようだった。

（「このまま」じゃなくて「もう」だろ？　一年以上、学校に行ってないんだ。卒業がムリなことくらいわかってるさ）

内心ではそう思ったが、あえて口には出さなかった。

「ゴチャゴチャしたことは言わないから、来週からのテストだけは来い！　そしたら卒業させてやる」

この教師は本気で言っていた。だが、いまさらテスト一回で卒業できるほど、これまで自分が過ごした時間が軽くないことは幹雄自身がわかっていたし、それ以前に卒業に執着していない幹雄にその言葉は響かなかった。

「いいな！　絶対、来週来いよ！」

帰り際、教師は玄関口で振り返ると念を押してきたが、幹雄の心には何の揺らぎも起こらなかった。

しかしその晩、教師の熱意のせいか偶然か、幹雄は夢に中学生時代の自分を見た。高校受験を決め必死に勉強していた自分の姿を。傍《かたわ》らでは母が優しく微笑み、見守ってくれていた。母は幹雄にいつもの優しい口調で言った。

「せめて高校くらいは出なさい」

何かに打たれたかのような衝撃に幹雄は目が覚めた。

「……」

幹雄はしばらく動くことができなかった。

「高校くらいは出なさい」

何か大切なことを思い出すように、幹雄は母の言葉を呟いた。胸に疼《うず》きのような痛みを感じた。同時にその言葉が心に沁《し》みた。乾いた大地に水が沁み込むがごとく、ポッカリと穴の空いた心に何か確たるものが戻るのを感じた。

「ダメもとだけど、行ってみるか……」

翌週、テストを受けた。結果は散々なものだった。だが、幹雄は卒業までのわずかな期間、高校に通った。

そして卒業式の前日、担任教師は幹雄に言った。

「明日の卒業式、必ず来いよ！」

（卒業できないのはわかってる。けど、これが最後だ……。みんなを見送ったら退学届を出そう）

母との約束を違《たが》えてしまうが、母のいないいま、留年してまで卒業する気力は幹雄には残っていなかった。だが――。

「眞田幹雄！」

卒業証書授与の時、幹雄の名前が呼ばれた。ふいに自分の名前が呼ばれ、幹雄は、彼らしくなく目を丸くした。そして証書を受け取った時、その薄い紙にズッシリとした重さを感じた。

［第二章］

エボリューション

evolution

進化

社会人

高校を卒業した幹雄は、担任教師の勧めで『ホンダ』に就職した。

面接では『スズキ』にも行ったのだが――。

「趣味にバイクとありますが、メーカーはどこのものに乗っていますか？」

「ホンダのＣＢです！」

力いっぱい答えた。そして『スズキ』は落ちた。その次に受けたホンダで採用となったのだが、研修を受けていると、面接をした人事部の人間に呼び止められた。

「キミな……、本当は採用するつもりはなかったんだ」

「は？」

いきなりのことに意味がわからなかった。

「でも、サッカー部でキャプテンをやってたって言っただろ？　それで採用したんだ。だからとにかく走れ！」

「はいっ！」

（何だそれ？　わざわざ言うことか？　要は人一倍働けってことだよな……たぶん）

その後、幹雄は販売店に配属となった。ネジなどの部品の発注といったつまらない仕事も多かったが、車検整備などのおもしろい仕事もあった。しかしある日、幹雄は気づいた。

（十年後、俺は三〇歳の佐藤さんみたいな仕事をしてんだろうな。そして二〇年後は四二歳の田中さん。二〇年後は中山さん……。きっと俺はいまのこの人たちと同じことをしてるんだ）

そう思った瞬間、先が〝読める〟自分の人生が怖くなった。それが悪いことだとは思わないが、それでも幹雄には恐ろしく感じられた。

そして三年後、幹雄は知人の紹介で『ワタイマシンツール』という会社に移った。本当はすぐにでも違う仕事に移りたかったのだが、最初の仕事はどんなことがあっても三年間は勤め上げると決めていたので、その信念だけは貫いたのだ。

『ワタイマシンツール』は、切断機などの工業用機械で特許を持ったベンチャー企業だった。

「これって車のミッションと同じじゃん！」

その特許技術は、『ホンダ』で嫌というほど見たギアなどで使う歯車を工業用に応用させたものだった。「同じ技術でも違う用途に応用させると特許になる」という事実は幹雄にとって衝撃的だった。

「今度こそ、ここで！」

社長も会社も若い新たな職場に幹雄はヤル気を漲《みなぎ》らせた。だが、そんな情熱は、長くは続かなかった。

二年が過ぎたころ、有用性のある特許と技術を持った『ワタイマシンツール』は商社に買収されてしまったのだ。

しかも商社がほしいのはあくまで〝特許と技術〟だけであり、そこにいた社員は解雇されてしまった。

仕事がなくなった幹雄はトラック運転手の仕事に就いた。単調な仕事を嫌って『ホンダ』を去った幹雄だったが、好き嫌いよりも生活が優先された。

「どんな仕事に就こうとも一年は勤めよう。辞めるなら惜しまれて辞めよう」

社会人になり、そう心に決めていた幹雄だったが、現実はそう甘くなかった。四六時中ひたすらトラックを運転し続け、その間は孤独との戦いだった。

「これは一年もムリかも……」

本気でそう思った。

それでも「辞めるなら惜しまれて……」——その一念で幹雄は仕事に全力で臨んだ。新人である彼には〝安くて辛い〟仕事が割りあてられたが、それを乗り越えると徐々に条件はよくなっていった。だが——。

「ウチの担当、眞田君に戻してくれ！」

幹雄の後任は適当な仕事をしたり、すぐ辞めてしまったりするため、幹雄はクライアントから指名を受け、仕方なくそれに応じた。

（勝った……！）

渋々ではあったものの、「辞めるなら惜しまれて……」という想いのあった幹雄は内心でそう勝ち誇った。

トラック運転手の仕事も一年が過ぎたころ、「この仕事をもう一年続けられるか?」と自問自答した。

その答えは「ムリ」だった。そこで幹雄は目標どおり惜しまれながら、その職場を後にした。

そして次に幹雄が就いた仕事は……地上げ屋だった。

限りなくクロに近いシロ

トラック運転手も後半のころになってくると、長距離の仕事が増えた。休みなく働き、その分、まとまった休みを取る。そんなリズムができあがってくると、幹雄は空いている夜の時間を使って、日本橋の高島屋近くのＢＡＲでアルバイトをはじめていた。

そのＢＡＲのオーナーの知り合いが、地上げ屋の社長の矢田だった。幹雄は矢田にとても可愛がられ、当時の幹雄には手の届かない料理やお酒をご馳走になりながら、ヘッドハントされた。

「幹雄ぉ、ウチの会社に来いよ。バーテンだか何だか知らねぇが、男ならデカく働いてデカく稼ごうぜ！　俺らの仕事は十億、二〇億だぞ」

「ですよねっ！」

純粋にそう思ったのか、高価な料理とお酒に酔ったのかはわからないが、こうして幹雄はその職に就く決意をした。

だが、これまでとはまったく違う仕事にはさすがの幹雄も戸惑った。会話している金額の桁《けた》も違えば、出入りする業者たちは皆、怪し気に映った。

「社長、いま来てた人たちは何をしている人たちですか？」

「ん？　ああ、詐欺師だ」

「詐欺師!?」

「厳密に言えば〝グランド・コーディネーター〟って肩書だけどな」

「はぁ…」

（これはとんでもない世界に足を踏み入れたかも……）

そう思う幹雄の考えを決定的にする出来事が起きる。それは矢田に連れられて銀座のクラブに行った時のことだった。

「矢田さんじゃないですか！」

そう声を掛けて来たのは、野口という銀座でも有名なヤクザの親分だった。聞けば野口は矢田の同級生で、その構成員の半分以上が大卒というインテリヤクザだった。

「オマエもとんでもない人のところに入ったもんだな」

「そうですね。まだ全然、仕事になってませんし」

そう答えた幹雄に野口は笑いながら答えた。

「会社じゃねぇよ。矢田さんのことだよ」

そこで幹雄は、ヤクザに「とんでもない人」と言わしめるこの矢田という人物のことを知った。

矢田は、東京はおろか全国的に有名な暴走族をつくった伝説のヘッドだった。そのグループは最大で二〇〇〇人近くにまで膨れ上がり、その中からは有名な俳優や〝ヤンキー弁護士〟の異名を持つ異色の弁護士なども巣立っており、その知名度をさらに上げていた。

野口もこの暴走族の出身だったが、同じように矢田に頭の上がらないヤクザは他にも数多くいるというのだ。

その出逢いを機に、幹雄は野口からも可愛がられた。すると今度は野口からもヘッドハントを受けた。

地上げ屋の仕事よりも、野口から聞かされるヤクザの仕事のほうがおもしろそうに思えた幹雄は正直、悩んでいた。そしてそのことを矢田に相談した。

「野口のところか……。同級生だしな。イイじゃねぇか。案外ちゃんとしているし、アイツならちゃんと育ててくれるだろうしな」

その言葉に幹雄は背中を押された。侠客の世界に転身する決心を下そうとした瞬間、矢田が続けた言葉が幹雄の人生の向きを変えた。

「でもな……、俺にとってヤクザは〝なる〟もんじゃなくて、〝使う〟もんだけどな」

その言葉に幹雄は胸を打たれた。そして何を思ったのか、矢田は幹雄に一冊の本を渡した。

「相田みつをだ。読んどけ」

相田みつをは、人間本来の姿を――〝命〟を偽らざる言葉で、ありのままに表現した日本を代表する書家であり詩人である。唐突にそんな人物の本を渡してきた矢田に幹雄は虚をつかれたが、その本に幹雄は心が洗われ、そして視界が開けたような感じがした。

(俺は別にヤクザにも地上げ屋にもなりたいわけじゃない。それしか選択肢がないわけじゃないはずだ)

幹雄は野口に断りを入れると、矢田にも辞表を出した。そして一度、すべてをリセットするため、寝袋と自転車を買うと単身、自転車で旅に出た。

その出発の朝、幹雄は相田みつをのもとを訪ねた。当然、面識があるはずもなく、何とか自宅の住所を調べると、事前のアポイントもなく単身訪ねたのである。

「僕は先生の本に感銘を受けました。だからそのお礼が言いたくて来ました」

インターホンの向こうにいるみつをの妻と思われる女性に幹雄は偽らざる気持ちを伝えた。

「少々お待ちください」

インターホン越しにそう言われた。

(追い返されるんだろうな……)

幹雄がそんなことを思う間もなく玄関が開いた。そこには妻とともに、相田みつを本人の姿があった。

「どうぞ」

いきなり現れたこの青年を警戒する様子もなく、まるで知人を招き入れるかのように、にこやかに幹雄を宅内に招いた。

「……」

その一連の行動に幹雄は神々しさすら感じた。その上、居間に通された幹雄に妻は暖かいお茶と茶菓子まで出してくれたのだ。

「先生の本を読んで、いまの生き方を変える背中を押されました」

きっと世間から見たら、若造のたわいもない話なのだろう。しかしそんな話にも、みつをは笑顔を絶やさずに、しかし真剣に耳を傾けてくれた。

(こんな……こんな人間っているのかよ……)

その無欲ですべてを受け止めてくれるかのようなみつをの雰囲気に幹雄は圧倒されると同時に、「俺もこんな人間になりたい」とそう強く思わされた。

「一からやり直そう。額に汗して働こう」

みつをとの束の間の邂逅《かいこう》を通して、幹雄は心新たにそう誓った。そして数カ月かけて北海道を自転車で巡り、再び東京に帰って来るころには幹雄の心はリセットされ、新たな生活に向けて気持ちが固まっていた。

ビジネス

東京へと戻った幹雄は、足立区にある酒の卸問屋『たにぐち』で働きはじめた。最初は配達係として足立区から上野、さらには渋谷界隈にある飲食店にお酒を配達した。

そして一年が過ぎるころには営業に配属され、新たな取引先の開拓に心血を注いだ。さらに二年が過ぎるころには課長に昇格し、その店に卸すお酒のメーカーを選定したりと、着実にステップアップしていった。

とくにメーカーの選定に携わる仕事では多くのことを学んだ。例えば、ひとつの飲食店に納入するビールのメーカーは一社から二社程度である。メーカーにしてみれば、その一店舗でさえ年間に何百万円もの売上に繫《つな》がるのだから当然、幹雄たち卸問屋の影響力は大きかった。

各メーカーは競うようにキャンペーンを行ったり、卸問屋の営業マンを接待したりと自社の商品を積極的に扱うように仕向けていた。

「今月はサントリーの店を五店舗オープンさせろ」

そんな勅命《ちょくめい》が上司から幹雄に下されると、幹雄は新たに開店する飲食店に営業し、サントリーのお酒を仕入れるように仕向けた。そして、それがおもしろいように決まった。

そんな折、幹雄はメーカー主催の一泊二日のゴルフコンペに参加した。初日はあいにくの悪天候で体もゴルフシューズもビショビショに濡れていた。

冷えた体を湯船につかり温めた幹雄は、浴場から出てくると驚愕《きょうがく》の光景を目にした。自分のゴルフシューズがないとあたりを見渡してみると、四〇代も後半に差し掛かったメーカーの部長がドライヤーで乾かしていた。

「な、何してるんですか！」

幹雄が尋ねると、部長は笑顔で答えた。

「明日もコースに出ますから、その時にゴルフシューズが濡れていたら気持ち悪いじゃないですか。明日は晴れるみたいですよ」

まだ三〇歳にも満たないひと回り以上も年下の自分のゴルフシューズを人知れずに乾かしている。その部長の姿勢に、幹雄は〝仕事のプロ〟を見た。

（人から信用を得るには……愛されるには、このくらい徹底していないとダメだ）

この部長から幹雄は、男が真に仕事でのし上がっていくための姿を学んだ。

会社から教わった方法、与えられた仕事だけでは満足しないのが眞田幹雄という人間である。幹雄はおしぼり、カラオケ、食器など同じような飲食店への卸し業者との交流を図った。

「お互いに新規店舗の情報を共有して連携しましょう！」

新規店舗がオープンする際、最初に決まるのがおもに酒屋だった。

「もうおしぼりはどこの業者を使うか決まっていますか？」

幹雄は、自分の仕事のついでにその連携している業者を紹介した。お酒の営業と同じだけ連携している業者の営業も決まった。気づけば、本業の給料より紹介料のほうがはるかに多い稼ぎとなっていた。

月に何十軒とオープンし、数カ月後には半分以下になっている――酒屋としてそんな栄枯盛衰を見ていく中で、しだいに幹雄は居酒屋やスナックに関する〝目利き〟に長けていった。

つまり、その店や経営者を見ただけで「成功する店」と「潰れる店」をかなりの確率で見分けられるようになっていたのだ。

「何で直さないんだろう？」

幹雄が訪れた際に、そのアンテナに引っかかるのは電球が切れていたり、ソファーが傷んでいたりといった些細なところから、店員やキャストの身なりや雰囲気までさまざまなところにまでおよんだが、得てして「直すのが不可能なもの」というのは、ほとんどなかった。まれに「この物件じゃダメだろう」と思うこともあったが……。

それだけに幹雄にとっては、なぜその店の経営者は改善すべき点を放ったらかしにしているのか不思議で仕方なかった。まるで乗っている船の底に穴が空いているのに放っておいているかのような違和感だった。

もちろん差し支えのないものは進言したが、そういう店の経営者ほど、「ああ、あれね……大したことじゃないから放っといていいんだ」と聞く耳を持ち合わせていなかった。

「ああ……、潰れる店は潰れるべくして潰れるのか」

そう思うようになっていた。

そんな折、自社の営業だけに留まらない幹雄の商才に気づいた取引先の社長・大島が、幹雄に独立を持ちかけてきた。

「酒屋をやっているのはもったいない。眞田君にだったら投資してもいいから独立しなさい」

その申し出に幹雄は立ち飲み屋を開こうと計画する。それは自分がお酒を卸している立ち飲み屋が繁盛していたからだ。

業者としてお酒をどのくらい納品しているかで、だいたいの売上が想定できた。そこから算出するに、その店はおそろしく儲かっていると幹雄は判断したのである。

しかし、そんな勝算にも似た試算とは裏腹に幹雄は、『たにぐち』を辞めるつもりもなかった。それは物心がついたころからあった「まず食べられることが絶対」という経験が背景にあったからだ。

そんなある日、幹雄はキャバクラの開店にともなう卸しの仕事を受けた。板橋区の大山にオープンするというその店を見て、幹雄は「うまくいかない」と直感した。

「お店」という名の箱があって、そこで働くキャストがいて、お客に出すお酒がある……それだけだ。とてもこれじゃ、お客を勝ち取っていけるだけの魅力があるとは思えない。そう感じたのだ。

そこで、その店が潰れでもして、後々お金が回収できなくなることを想定した幹雄は、そことの取引を一度は断った。

しかしそれからすぐに、その店のオーナーと知り合いだった既存の取引先の社長が保証人になると申し出て来たので取引をすることとなった。

それから二週間くらいして、そのキャバクラの近くまで仕事に行った幹雄はついでにその店に顔を出すことにした。

「どうせ閑古鳥《かんこどり》が鳴いてんだろうな……」

自分の目利きに絶対の自信を持っていた幹雄は、そう思いながら店に向かうと、そこには店に入り切れないお客が店の外にまで列をなしていた。

「なんで……」

これほど自分の目利きと実際が違ったことは、いまだかつてなかった。そして受けた意外性は大きな興味へと変わった。

幹雄は立ち飲み屋の計画を止め、キャバクラのオープンを大島に持ちかけた。

「俺は眞田君に投資するんだ。君がイケると思うんなら、それをやったらいい！」

こうして東十条に『J倶楽部　東十条店』という小さなキャバクラをオープンした……三二歳の時だった。

［第二章］ センセーション《sensation》 衝撃

キャバクラの壁

『J倶楽部　東十条店』は、幹雄の予想に反してオープン当初ほとんどお客が入らず閑古鳥が鳴いていた。

いくら目利きができるといっても、それはいわば評論家のようなものであり、実際に経営するのとでは大違いだったのだ。

その最大の要因は、キャストのモチベーションにあった。それまで幹雄はキャバクラはもちろん、居酒屋にもほとんど飲みに行くことはなかった。仕事のつき合い程度である。

当然、キャバクラのシステムもまったくわからなかった。だから、「本指名」と「場内指名」の違いもわからなかった。

お客側からすれば、店に入る時からお気に入りの子に席に着いてもらうのが「本指名」であり、フリーで入った後に席に着いた子を指名する場合が「場内指名」となるが、お店側からすれば一般的には「本指名」はキャストにその分のキックバックを払い、「場内指名」はそれが不要となる。

そんなこともわからなかった幹雄は、キャストたちの仕事への意気込みや評価などを第一に考えて、「本指名」も「場内指名」も関係なくキャストにキックバックを払っていた。

当然、資金繰りは圧迫され、人件費だけで売上の七七％を占めるという事態が起こっていた。

「社長、ダメじゃん。本指名と場内はわけなきゃ、やっていけるわけないじゃん」

「なるほど！　じゃあ、そうしよう」

そんな調子でキャストに教わる始末だった。

オープンしてしばらく、店がやっていけたのは一部のキャストたちが、そんな頼りない社長を支えようと、奮闘してくれたからに他ならない。

しかし、それでは店全体が盛り上がるようなモチベーションをキャストが持ち得るはずもなかった。

「どうしたらいいんだろう……」

悩んだ幹雄は、キャバクラ進出を決意するキッカケとなった大山のキャバクラを訪ねた。

その日も、その店は多くの客であふれかえっていた。幹雄はその店のオーナーに相談した。

「そうですか。早くも壁にぶち当たってるんですね」

「はい。こちらはどうやってこれだけのお客さんを獲得しているんですか？」

「教えてあげたいのはヤマヤマですが、眞田さんには一度、お酒の納入を断られてるからなぁ……」

イタズラっぽく言うオーナーに、幹雄はギクッと背筋を凍らせた。

「ハハハハ！　冗談ですよ。いいでしょう……特別に教えてあげますよ」

「本当ですか!?」

「誰にも見つからないように、キャストが使う女子トイレに行ってください」

「？」

またからかわれているのかと思った。もしくは本当に昔、断ったことを根に持っているのかとも。しかし、そうではなかった。

「女子トイレの壁に僕から彼女たちへの〝ラブレター〟が貼ってあるんです。

それがすべてです」

「ラブレター……」

何のことかわからないまま幹雄が女子トイレで目にしたものは、ラブレターというよりは誓約書か嘆願書のようなものだった。

『私はみなさんのシモベです。みなさんがいなければ何もできません。みなさんのためなら何でもします。だからどうか、みなさんのお力で私をこの地域で一番流行《はや》っている店のオーナーにしてください。男にさせてください。どうかお願いします』

平身低頭、キャストたちへ向けた言葉が切々と書かれていた。

「こりゃ、イチコロだ」

幹雄は呟いた。経営者の甘い考えは、伝えることがなくてもキャストたちには肌感覚として伝わるものだった。逆に全力でぶつかっていけば、その熱情も伝わる。

幹雄はさっそく考え方をシフトした。つまりキャストたちのモチベーションをあげることに全力を注いだのだ。

一人ひとりに細やかに気を遣った。閉店後は極力キャストたちと飲みに行き、悩んでいる様子であればふたりで食事に行き、話を聞いた。

するると最初のうちは幹雄や店に対する愚痴《ぐち》が連発した。

「っていうか、社長が全然わかってないからいけないんですよ」

(悪かったよ。どうせ知らないよ)

「社長ってヒイキにしてる子と、そうでない子との落差がありますよね」

(そんなことないって。みんな平等に接してるって)

「そもそも社長ってムカつくんですよね……生理的に」

(なんだと!)

言われ放題だったが、ノド元までこみ上げて来た怒りを呑み込んだ。

「そうか……、ゴメンな。俺の力が足りないせいでみんなに負担とか迷惑とかかけて。でも、俺はみんなと一緒に頑張りたいんだ」

そうやって連日、キャストたちの溜まった鬱憤《うっぷん》を吐き出させた。すると今度は、キャストたちからさまざまな有意義な意見が出るようになった。

「お店の照明はもう少し暗めにしたほうがいいと思う」

（ほうほう……）

「同伴の入店時間はもう一時間遅くまでＯＫにしたほうが、もっと同伴率は高くなると思います」

（そうなのかぁ……）

そしてその意見を吟味し、可能な限り取り入れると、それまでどんなに頑張っても埋まることのなかった小さな店の客席は瞬く間に満席となった。

モチベーションの上がったキャストたちが積極的にお客を呼び、お客を持たない未経験者のキャストたちも自ら路上に行き、客引きを行ったのだ。誰に言われるともなくボーイたちを手伝い、一緒にティッシュ配りをするキャストも珍しくなかった。

幹雄は水商売の経営は素人だったが、オープン当初から誰にも負けない志だけはあった。

「お客様に安心して飲んでいただけ、キャストが安心して働ける店……そんな店をつくること」だ。

それは、お客にもキャストにもお金は明朗であること、ヤクザなどとの付き合いはもちろん、いっさいの入店もさせないこと、などである。

そうした幹雄の志は、伝えることはなくともキャストたちに伝わり、彼女たちのモチベーションをさらに押し上げた。そして大きな追い風を生んだ。

こうして『J倶楽部　東十条店』は開店から三カ月が過ぎるころには何とか軌道に乗ることができた。

発展

モチベーションのあがったキャストたちは、一度来たお客の心を鷲《わし》づかみにし、お客は増える一方だった。

七時のオープンの時点ですでに開店を待つお客が店の前で列をなしていた。仕方なく六時半オープンに時間を早めたが、それでも列ができている。そしたら今度は六時オープンにして……とお客に合わせて開店時間を早めていくほどだった。

当然、それに見合う売上もあったので、幹雄は草加での出店を計画する。

なぜ草加だったのか。それは草加にはキャバクラが一店舗しかなく、そこでなら勝てるという算段があったからだ。

「どんな仕事でも何かで一番になることが成功の秘訣だ！」

これまでの社会人経験から幹雄はそう考えていた。キャバクラの場合であれば、「その地域で一番になる」ことだ。

草加で一番になるためには……。事前に調べた結果から既存店との勝負を決めるポイントはただひとつ——それは〝接客〟だ。

既存店は接客が全然できていなかった。染めムラのある、いわゆる〝プリン〟状態の茶髪のキャストが、客席で品なく座りタバコをふかす——そんな程度の接客だったのだ。ここの違いを打ち出せば絶対に勝てる。そう確信していた。

そこで幹雄がキャストをスカウトする際に目をつけたのは同業種ではなく、『アオキ』や『コナカ』といった紳士用品店の女性店員だった。

キチンとした研修を受けた彼女たちの接客マナーは教える必要がないほどに完璧な上、普段、相手にしているのはまさにキャバクラの主要客層のひとつであるサラリーマンたちである。スーツを試着した際に限定されるが、当然彼らの喜ぶ〝誉めポイント〟も熟知しており、即戦力となった。

もちろん、素人だけでキャストを揃えるのは無謀だったので、経験者も交えた布陣で臨んだ二号店『V's草加店』は、幹雄の戦略が功を奏し草加で一番の店となった。

二店舗しかない中での一番でもその意味は大きかった。その地域のお客は当然、その二店舗で評判のよい店へと流れる。そして、その流れがまた新たなお客を呼び込む。それは一番店だからこそ起きることだった。

こうして『J倶楽部　東十条店』のオープンから五カ月後、『V's草加店』も軌道に乗せることができた。

奈月ママ

幹雄は『V's草加店』でおもしろいキャストと出会う。奈月という一九歳のそのキャストは、何かあればイチイチ噛みついて来るし、お金にもウルさい。

それまで錦糸町などのキャバクラで働き、それなりの売上を抱えていたらしいが、取りたてて美人でもスタイル抜群というわけでもない。それでも人を引きつけて離さない愛嬌と魅力を持っていた。

それは奈月もまた幹雄と同じく、若くして壮絶な人生を歩んできたからこそ持ち得たものだった。


奈月の家は〝超〟がつくほどの貧乏だった。五歳のころに母が再婚した義父の借金が原因だった。

家はお手製の小屋で、風呂もトイレも囲いをつけただけのお手製。簡単に隙間が空いてしまうその様は、とても家族が住むようなものとは言い難かった。

ご飯も学校の給食だけ。母親は昼夜を問わず働き、奈月と異父妹は寂しい思いをした。

「お腹がすくのも、寂しいのも、トイレの壁に隙間があるのも、毎日同じ服を着なくちゃいけないのも全部、貧乏のせいだ！」

幼心にそう思いながら育った奈月は、中学校を卒業するとひとり暮らしをはじめ、ガソリンスタンドや居酒屋などで、昼夜を問わず働いた。

しかし、そんな生活の中でも水商売だけはかたくなにやろうとはしなかった。水商売というと、触られたり男に媚《こ》びを売ったりするイメージがあり、チャキチャキした男勝りのその性格がそれを拒否していたのだ。

しかし、一七歳で未婚の母となると、〝子供との時間〟と〝生活〟を――時間とお金を両立するため苦渋の決断の末、水商売をはじめる。

水商売は束の間の心の癒しを得て、辛い現実から離れられる非現実の場所である。お酒の相手をしながら男たちのその鬱憤を受け止めるのも、キャストの大切な仕事である。

しかし客の中には酔っぱらうと尊大になったり、欲望に正直になったりする者も多く、奈月は馴染《なじ》めなかった。というよりも、「絶対にムリ！」と思っていた。だが、それでも辞めなかったのは、子供との生活のためには他に選択肢がなかったからだ。

そのような状況の中で仕事を続けていくと、結果がともなうようになってきた。そうすると今度は、他店からよりよい条件でのヘッドハントの話が持ちかけられ、そこでも結果を出すとさらによい条件が……という調子で、錦糸町や竹ノ塚など、店を転々と移りながらステップアップしていった。

義理堅い性格の奈月は店を移ることに対して、「よくしてくれる店に申し訳ない」とは思いつつも、「子供との生活のためだから」と自分を納得させていた。

しかし好条件というのは、あくまで結果を出すことで成立するものである。結果が出なくなれば当然、条件は悪くなる。キャストでもスポーツ選手でも漫画家でも〝トップを維持するためのプレッシャー〟というものは想像を絶する精神的な圧迫を受けるものである。

そんな生活に疲れて戻ってきた草加で入店したのが『V's草加店』だった。

「この子は何か変だ。普通の子とは違う何かがある……」

ちょうど『V's草加店』が成功を収め、連日、店の前までお客が列をつくるようになったころである。その受け皿となる『V's II草加店』の立ち上げを考えていた幹雄は、入店してまだ二カ月しか経っていないこの一九歳の奈月の仕事ぶりを見てそう思った。

ソツのない完璧な接客や、キメ細やかな心遣いができるというわけではなかった。もちろんレベルとしては十分に高かったが、それよりも幹雄の興味を引いたのは、若くして酸《す》いも甘いも経験したからこそ持ち得た奈月の魅力なのだろう。

「この子に次の店のママを任せよう！　絶対にウマくいく！」

確信にも似た思いがあった。しかし――。

「やりたくありません！」

そんな幹雄の依頼を奈月はきっぱりと断った。

「どうして？」

そう尋ねる幹雄に彼女はアッサリ答えた。

「ママは給料制だからお金が減っちゃうじゃないですか。子供もいるし、それは困るんです」

一九歳にしてブレのないこの強さ。幹雄はますます惹《ひ》きつけられた。

「それに〝責任〟っていうのもいまは……。それが面倒だから草加に戻ってきたわけだし……」

しかし幹雄も引き下がらなかった。料理屋に場所を移すと、さらに根気強く口説いた。

その熱意が通じたのか、そこで食べたしゃぶしゃぶがおいしかったのか、奈月はママになることを承諾した。固定給の他に歩合給もしっかりと条件に入れさせて……。

こうして幹雄にとって三号店となる『V's II草加店』のオープンと同時に〝一九歳ママ〟が誕生した。

もともと、繁盛店である『V's草加店』の受け皿だったが、それ以上に奈月の手腕により『V's II草加店』は連日満員御礼となり、こちらも盛況を極めた。

奈月ママという強力なパートナーを得たことで、幹雄はココを勝負所と見極めると、『たにぐち』を辞め、経営に専念した。

出店ペースはさらに加速度を増していき、三年の間に草加・赤羽などのエリアにキャバクラだけでなく、居酒屋、寿司屋など合計一九店舗を展開した。

幹雄は、東武伊勢崎線沿線上で最も勢いのある店舗群を束ねる社長となったのだった。

けじめ

草加駅西口の雑居ビルの一室――六〇㎡ほどの室内には、奥の窓際に入口のほうを向いてプレジデントデスクがひとつ置かれていた。

「……」

幹雄はその部屋の入口に立ち、目の前の光景に唾《つば》を飲み込んだ。その眼前にはデスクまでの数メートルに道をつくるかのように、両サイドにいかにもイカツイ男たちが規則正しく居並んでいた。よく任侠映画にある組長が事務所に入る際の出迎えのような光景だ。

これが任侠映画だったなら、幹雄の歩みに合わせて男たちは頭を下げただろう。しかし、現実はその逆で男たちは、親の敵《かたき》と出会ったかのごとく睨《にら》みつけている。

（ヤッベェ……。これ絶対にヤベェよ……）

ビビリながらもそんな様子は微塵も見せずに、幹雄は男たちの間を威風堂々たる様子で歩を進めた。

そしてプレジデントデスクの前で足を止めると、そこに鎮座する五〇代くらいの親分風の男に言った。

「約束どおりちゃんと来ました。昨晩、そちらの息子さんがウチの店で酔って暴れてウチのママを怪我させた慰謝料、ちゃんと払っていただけるんでしょうね？」

物腰柔らかな口調ながらも、その眼光は一歩も引かないと言わんばかりに迷いがなかった。

それもそのはずである。昨晩、この男の息子は『ルージュ』で酔っ払い、暴れたあげくに止めようとした奈月を殴ったのだ。

幹雄にとってスタッフは家族も同然……。家族が傷つけられてどうして黙っていられようか？　酔っ払っての粗相ならキャバクラなのだからまだ許せるが、暴れて店の調度品を壊したあげくのスタッフへの暴力。店にとって招かざる者は、たとえお金をいただいていてもお客ではない。

「どう責任を取ってくれんだ？」

普段の温和さのかけらも見せない怒りの形相で迫った幹雄に、その息子は慌てて父親に連絡した。

そして翌日、慰謝料を払うという父親の話を受け、幹雄はここに来たのだ。

そこがまさかヤクザの組事務所だとはつゆ知らず……。

「確かに、ウチの倅《せがれ》がいい歳にもなってバカなことをした。あげくテメェのケツも拭けずに親に頼る始末……」

と言うと、〝バサッ〟という音とともに、デスクの上にまだ紙紐で括《くく》られたままの札束がひとつ置かれた。

「約束の慰謝料だ。持ってけ」

その一〇〇万円の札束を目にした幹雄は金額ではなく、奈月が受けた暴力の雪辱を果たせたと、内心で安堵するとともに喜んだ。

しかし前屈みになり、その札束に手をかけた瞬間――。

「ちょっと待てぇ！」

目の前の男が腹から響く低い声で言った。幹雄はそのままの姿勢で固まった。

「ウチの倅なんだがなぁ、いま入院してんだ。何でだろうなぁ？」

「……」

札束を手にした幹雄は上体を起こした。額からひと筋の汗が流れた。

「テメェだろ、倅をボコボコにしたのは！」

そうなのである。怒髪天を突いた幹雄はその怒りに任せて、彼の息子を殴り倒し病院送りにしてしまったのだ。

「俺ぁ、筋を通した。テメェはこの落とし前、どうやってつけてくれんだ？あぁ！」

その怒号とともに、背後で縦に列をなしていた男たちは横に並び、幹雄の退路を断った。

(死んだ……。俺の人生ここまでだ……)

心のうちではそう叫んだが、幼いころに悟った「人生一ミリでも引いたら負けだ」という信念がココでも働いた。

「では……コレで……」

そう言うと、たったいま手にした札束を、ソッとデスクの上に置いた。

「ナメとんのかい！　ゴルァ！」

ライオンが吠えるような勢いで男は吠えた。

「もうひと束用意せんかい！」

これを断ったらいよいよ命がない。そう確信にも近い予感が頭をよぎった幹雄は一度、大きく息を吸うと言った。

「わかりました。ただ、いま手持ちがないので、銀行でおろしてきてもいいですか？」

その答えに一転、男は満足そうな表情を浮かべた。

「いいだろう。オマエの素性はわかってんだ。そのまま逃げたらどうなるか、わかってるよな⁉」

そう念を押した。

そして、雑居ビルを後にした幹雄は、歩きながらおもむろに携帯電話を取りだすと、履歴から電話番号を選択し発信した。

「もしもし……いま、お会いした者なんですが」

相手はまさにいままで相対していた件《くだん》の組長だ。

「何だ？」

と問う組長に幹雄は続けた。

「外に出て思ったんですけど、やっぱりお金を払いたくないんですよね」

「なら、どうなるかわかってんだろうな？」

受話器越しでも明らかな怒気が感じられた。

「だからこれから警察に行ってきます。『ヤクザに恐喝されました』って。ちなみにこの会話は録音してありますから。いまの『どうなるかわかってんだろうな？』っていうのも」

そう言うと相手の次の出方が予想できたかのように、〝ニッ〟と口角をあげた。

「ちょ、ちょっと待て！　それはやめろ！」

「でもぉ、払うお金なんて持ってないし……」

わざと焦らすような口調で言った。

「わかった！　今回は双方、痛い目をみたんだ。それで手打ちってことにしようや！」

頼むと言わんばかりの口調だった。

（これ以上はヤブヘビになりかねないな……）と感じた幹雄は言葉を続けた。

「わかりました。じゃあ今後、今回のことでチョッカイを出したりしないですね？」

「わかった。約束しよう」

そして電話を切ると、また発信履歴から電話した。

「あ、奈月？　ゴメン、慰謝料とれなかった」

何事もなかったかのようにあっけらかんとした口調と表情で言った。

「うん。でも俺の命があっただけで今回はよしとしてよ。じゃあ、また今晩お店で」

世間話でもするかのようにそう言うと電話を切った。

弟

〝オズ・グループ〟は、拡大後も順調な売上をあげていた。時には多少のトラブルもあったが、幹雄はグループの社長として充実した毎日を送っていた。そんなある日、意外な客が事務所を訪れた。

社員に呼ばれて応接室へ行くと、そこにはコワオモテの男の姿があった。おそらくヤクザなのだろう……そう幹雄は思った。

(アレ…⁉)

しかし、よく見ると何となく見覚えがある。年齢は幹雄と同じか、少し若いくらい。学生時代の知り合いかとも思ったが、見るからに招かざる客だ。何も気づいていない風を装い、接した。

「お待たせしました。私が眞田です」

「……」

しかし男は何も言わずにジッと幹雄を見ている。

「本日はどんなご用件でしょうか？」

「……」

少し戸惑いながら言っても、男は変わらず無言を通していた。

「……。あの……」

困惑気味に言葉を続けた時、男は突然、笑い出した。

「アーハハハハッ」

まるで堪えていたものが一気に解放されるがごとく、男は大笑いをした。

(大丈夫か、コイツ……⁉)

意味のわからない幹雄は、この男は気が触れてるのかと心配になった。しかし男はひとしきり笑うと言った。

「ハハハ……。ワリィ、ワリィ……、俺だよ、和雄だ」

「かず…お…⁉」

聞き覚えがある名前だが、ピンとこなかった。

「カズオ……和雄……。ん……和雄！ オマエ、和雄か！」

その名前を呟くうちに記憶と名前が合致した。

「ああ。久しぶりだな、兄貴！」

目の前のコワオモテの男は、ずっと別々に暮らしてきた幹雄の実弟・和雄だった。

母の葬儀の時以来、十年以上の時を経て会った弟はすっかり様変わりしていた。そのためひと目見ただけではわからなかったのだ。

幹雄は事務所を出ると食事をしながら久しぶりに再会した弟と、これまでのお互いが過ごしてきた時を語った。

「それにしてもどうしたんだよ。急に訪ねてくるなんて？」

「兄貴がオズの社長だって知ってさ、それで挨拶に」

「挨拶にって……。そういえばオマエ、いま仕事は何やってんだ？　見た限りだとヤクザかチンピラみたいだけど」

「前者のほうさ……。『実日会』のな。蛙の子は蛙さ。まぁ、兄貴はトンビがタカを産んだってほうだけど」

酔っぱらったあげく、車にひかれて他界した幹雄の父親もヤクザだった。それは母の葬儀の後、親戚の人から聞かされ、初めて知ったことだった。

「そっか……。でもまさかミカジメ料を払えとか、そんなこと言いに来たんじゃないだろうな?」

「違ぇよ。単なる挨拶だって。人を仕事で判断するなって」

「そうだな。すまない」

その日、ふたりは夜通し語り合った。そして、それからというもの、和雄は頻繁に幹雄のもとを訪れるようになった。

別々に暮らしてきた環境から、いままで弟は「血の繋がった他人」のような感覚があった。

しかし頻繁に会うことでこれまでの空白の時間は埋められ、改めて兄弟なのだと実感した。そしてこの世にたったひとりだけとなってしまったが、家族がいることを幹雄は幸せに感じた。

「オマエ、いまの仕事から足洗えよ」

ただひとりの家族に幸せになってもらいたい。そう思う幹雄は何度も和雄にそう進言したが、なかなか受け入れてもらえなかった。

それからしばらくしたある日、幹雄のもとを訪れた和雄はいつになく神妙な面持ちだった。

「……。カネを……貸してくれないか」

そう言う和雄から理由を聞くと、〝シノギ〟が――つまり仕事がうまくいかず、お金に困っているのだという。

「……」

もちろん貸せる程度の余裕ならある。だが、それで弟はダメにならないか？　そうと幹雄は悩んだ。しかし逆にこれは足を洗わせるチャンスじゃないか？　そう考えた幹雄は交換条件を提示した。

「わかった、貸すよ。ただし足を洗って、もっと真っ当な仕事に就くこと。それが約束できるなら貸そう」

一瞬、弟の表情が曇った。しかし弟はそれに応じた。

「ああ……。そうする。向いてねぇと思ってたしさ……」

その言葉を聞いて幹雄は安堵した。そしてできる限りの協力をしようと心に決めるのだった。

その後も弟は幹雄を訪ねてきてはお金の工面を懇願した。

「なかなか次の仕事に就けねぇんだよ」

弟のいまの境遇の責任の一端は自分にもある。そう思う幹雄は弟を放っておくことができなかった。

しかしその頻度が増え、毎週のように訪れるようになると、本当に働き先を探しているのか怪しくなってきた。

「さすがに身内がいたんじゃ、兄貴だってやりにくいだろ」

グループへの入社を幹雄がどれだけ勧めても、弟はそう言って断っていた。

(和雄がなかなか仕事に就こうとしないのは俺が援助しているせいだ)

そう思った幹雄は、この時から援助を断った。和雄は何度も訪れたが、その度に幹雄は心を鬼にして断った。

「チッ、わかったよ……」

そう捨て台詞を吐くと、和雄は去って行った。だが、これで終わりではなかった。その晩、幹雄は店には出ず自宅に帰ると、リビングの窓ガラスが割られ、室内には物色された形跡があった。慌てて幹雄は他の部屋の様子を見に行くと、そこには――。

「オマエ……、何やってんだよ」

室内を物色する弟の姿があった。逃げようとする弟に駆け寄ると、その腕をつかんだ。

「放せよ！　このカネがあれば俺は幹部になれんだ……。ジャマすんじゃねぇよ！」

「幹部ってなんだよ！　オマエ、足洗ったんじゃ……」

「んなわけねぇだろ！　兄貴からカネをもらうためだっつーの！」

「！」

その言葉に弟の腕をつかんでいた手の力が緩んだ。弟はその隙に腕を振りほどくと一目散に窓から逃げ出して行った。

「……」

追いかけることもせず、警察に通報することもせずに幹雄は絶望に打ちひしがれ、ただ立ち尽くしていた……。

「もう和雄に関わるのはやめよう」

そう幹雄は心に誓った。裏切られたこともそうだったが、それ以上に自分の存在は弟にとってよくないと思ったからだ。途方もなく寂しかったが、自分自身に「俺には兄弟はいない」と強く言い聞かせた。

しかしその翌週、幹雄は最悪の形で弟と再会するのだった。それは一本の電話からだった。

「――はい。確かに和雄は弟ですが……。えっ！　……ッ……わかり……ました……」

受話器を置いた幹雄は部屋を飛び出した。そしてたどり着いた病院で待っていたのは、変わり果てた弟の姿だった。

酔っぱらって車道に飛び出したための交通事故死。

それが弟の死因だった。

「バカ野郎……。そんなとこまでオヤジに似るんじゃねぇよ」

幹雄はその場に膝から崩れ落ちた……。

［第四章］フリクション

friction

摩擦

オーナー

幹雄は、一店舗目の『J倶楽部　東十条店』を立ち上げる際に『有限会社オズ』という会社を立ち上げていた。幹雄はそこの社長であり、すべてを統率していたが、実質的には出資者である大島がオーナーだった。

幹雄は雇われ社長であることなど気にしていなかった。そんなことよりも、このやりがいのあるチャンスを与えてくれた大島に感謝すると同時に、全幅の信頼を寄せていた。

しかし、そんな熱情の日々は脆《もろ》くも崩れ去ろうとしていた。それは事務員からの一本の電話からはじまった。

「社長、今月の給料で払うお金が足りないんですが……」

「なに!?」

そんなはずはなかった。『J倶楽部　東十条店』がオープンした時の一カ月以外はすべての店が一度も赤字を出しておらず、幹雄の計算では税金を払っても二億円は残っているはずだった。

だが確認してみると、確かにあるはずのお金がない。幹雄は経理全般を任せていた大島に確認した。

「おかしいな？　そんなはずはないだろ」

「ですよね……」

その時はそれで終わった。しかし、その後、すべての書類を洗い直してみると、二億円以上もの金を大島が使い込んでいたことが発覚した。それを問いただすと、大島は涙を流しながら土下座した。

「使ってしまったものは仕方ないですから、また稼ぎましょう。頑張ってくれてるスタッフたちに迷惑をかけるのだけは避けないとマズイですからね」

恩人のその姿に幹雄は許さざるを得なかった。

だが、それで終わりではなかった。

ボーナスの時期になると、また事務員から資金不足の一報が入る。

（この前の使い込みの件のせいか。仕方ない。いま乗っているベンツを売るか）

そう思った幹雄を大島は止めた。

「これは俺が蒔《ま》いた種だ。自分でケリをつける」

力強くそう言う大島に幹雄は対応を任せた。しかしその数日後、幹雄は事務員からの質問に驚愕する。

「社長。社長がお金を使い込んだっていうのは本当ですか？」

「俺が!? そんなわけないだろ！ そんなこと誰が言ってたんだ？」

「会長です。社長が会社のお金を使い込んだあげく、そのせいで払えなくなったボーナスを、会社のベンツを売って補填《ほてん》しようとしているって」

「――ッ！」

あまりのことに幹雄は何の言葉も出なかった。そんな幹雄に事務員はさらに言葉を続けた。

「それに業者からキックバックももらっているって。本当なんですか？ 私は社長がそんなことをする人じゃないと思ってて……」

確かに『たにぐち』のころはもらっていた。しかし、経営者となってからは自分の会社や店を喰い物にするようなことはいっさいしていなかった。

「それも会長が言っていたんだな……」

信頼していた。尊敬もしていた。そんな大島の理不尽な行動に幹雄はガマンの限界に達した。そして同時にどうしようもなく寂しかった。

大島のもとに行くと、怒りや悲しみや寂しさ……いろいろな感情がこみ上げてきたが、それらを何とか呑み込むと言った。

「申し訳ありませんが会長とはもうこれ以上、一緒にやっていくことはできません。全部おいていきますので辞めさせてもらいます」

こうして幹雄は自ら育て上げた〝オズ・グループ〟を後にした。

別離

「俺、会社辞めることになったから」

大島のもとを出た幹雄は、奈月のところに行くとそれだけを告げた。本当は苦楽をともにしたスタッフ全員に挨拶をしたかったが、それは「全部おいて出る」と言ったことに反することだとわかっていたので、二人三脚で店を支えてくれた奈月にだけは直接、伝えようと思ったのだ。

「えっ⁉　どうしてですか？」

「まぁ、いろいろあってさ」

これからも大島の下で働く人間に不信感を与えることは言わなかった。

「じゃあ、これからどうするんですか？」

「また一からやり直すよ。今度は自分のお金で会社をつくって、お店をやっていこうと思う」

「だったら私も辞めます。社長のいないお店はおもしろくありませんから」

そう言ってくれる奈月の気持ちは素直に嬉しかったが、うまくいくという保証はどこにもなかったし、第一に奈月ならもう自分だけの力でやっていけると思い、あえて突き放した。

「オマエは独立しろ！　大丈夫だ。オマエは成功するようにできているから」

〝オズ・グループ〟には残りたくないし、幹雄と行動をともにすることも叶わない。奈月は、幹雄のその言葉に背中を押される形で独立する決意を固める。

三年間、一緒に店舗をつくり拡大していった戦友・奈月も別の道を歩みはじめ、幹雄は完全に一からの再出発となった。

リベンジ

〝オズ・グループ〟を去った幹雄は、〝オズ・グループ〟とバッティングしないように、南越谷で『クロス』をオープンさせた。幹雄がグループを去ってわずか二カ月後の出来事だった。

元手もそれほど多くなかったので、小さな物件を居抜きで借りたが、幹雄にはこれまでに培った経験とノウハウから、その広さの中でできる最高の売上を出す自信があった。

そしてその自信は現実のものとなり、『クロス』は開店から客足が途絶えることはなかった。

〝オズ・グループ〟を抜けて『クロス』を開店する時、幹雄にはひとつの目標があった。それは〝オズ・グループ〟を上回る店を……そして会社をつくることだった。

『クロス』の成功をバネに、幹雄はオズとの直接対決を決意する。相手は自らが築き上げた当時の自分の集大成の店たちである。生半可なことでは返り討ちに遭うことは目に見えていた。

「〝オズ・グループ〟以上に、お客様にセンセーショナルなインパクトを与えないと」

そう考えた幹雄はある秘策を思いつく。それは三店舗同時オープンだった。しかも同じビルの三フロアを借り、それぞれのフロアにオープンさせるのだ！

早速、幹雄はその出店計画に着手すると、『クロス』のオープンから十カ月後、今度は草加に三店舗を同時にオープンさせた。

『エンプレス』と『タイニーズカフェ』、そして『オズ』の3店舗だ。店舗のひとつに〝オズ〟の名を冠し、宣戦布告の気持ちを込めた。

そしてこの三店舗はそれぞれが相乗効果をあげ、単純に三店舗分の売上には納まらない業績をあげることに成功した。

女房役

〝オズ・グループ〟への攻勢を強めるべく、幹雄はさらなる一手を構想する。それは草加という地域にはないコンセプトを持った超ハイクオリティーな店の投入だ。

この草加界隈では、箱があってキチンとした接客ができるキャストがいれば、店にお金をかけなくても十分やっていくことができた。

だが、「それだけではやっていけない時代がもうじき来る」──そう感じていた幹雄はどこよりも早く、超ハイクオリティーな店づくりに着手することを決意したのである。

しかしこの時、大きな壁が立ち塞《ふさ》がった。

それは資金繰りや税務などの経理面だ。このころ、有限会社ＳＫＭという会社の形態をとってはいたが、出店計画から店舗運営、さらには経理まで実質的には幹雄がひとりで行っていた。

もちろん店の切り盛りをする店長やママはいたが、幹雄の右腕となり全面的に支えることのできる〝女房役〟のような存在はいなかった。

〝オズ・グループ〟との戦いが熾烈《しれつ》を極めれば極めるほど、幹雄の時間は既存店のほうに割かれ、新店舗構想に着手する時間は足りなくなっていった。

これまでであれば奈月に店を任せて、自分は新店舗構想に時間をあてられたが、その奈月もいまはいない。既存店の好調とは裏腹に、次の一手がないままに時間だけが過ぎていった。

そんな時にさらなる問題が幹雄を襲った。それは由起子という人気キャストからの退店の申し出だった。

由起子は色白で線が細く、おっとりとしたキャストだった。その雰囲気に、「守ってあげたい」という男心がくすぐられるようで、確固たる人気を獲得していた。いま、彼女に抜けられるのは痛かった。

「店を辞めたいっていうことだけど？」

その日の営業終了後、幹雄は事務所で由起子と話した。

「子供も今度、幼稚園にあがりますし、そうするといままでみたいに夜、仕事に出てっていうのは……。子供と一緒にいる時間をつくりたいんです」

由起子はシングルマザーだった。いままでは昼に子供の面倒を見て、夜になると人に預けて仕事に出ていた。

「そっか。それで次の仕事は？」

「まだ……。パートか何かこれから探します。幸い、社長のおかげで少しは蓄えができましたから、パートでもしばらくは何とかなるかと」

「うん。確かにそれも選択肢のひとつだね」

そこでいったん会話を区切ると、話題を変えるように聞いた。

「ところでさ、働いてみてウチの店ってどうだった？」

「え⁉」

唐突な質問に一瞬、由起子は戸惑った。

「別にその返答しだいでどうこうというのはないから、率直な意見を聞かせてほしいんだ」

「すごくいい店でした。スタッフ同士も仲いいですし、待遇もよくしていただいて……」

「だったら辞めることはないんじゃん！」

「えっ⁉」

「事務所で働いてよ。経理を見てもらいたいんだ。それなら昼間の勤めですむし」

「でも、私、経理のことなんて全然……」

「そんなのはやりながら覚えればいい。やってもいいって気持ちがあったら、まずはやってみてよ」

「そんな……。なんでそんなによくしてくれるんですか？」

「せっかく知り合って、これまで一緒に頑張ってきたのに、別れるなんて寂しいだろ！　それにちょうど経理がほしいと思ってたところだし、まさに一石二鳥だ！」

何の疑いもないように屈託のない笑顔で言った。

「それにウチの会社だったら、幼稚園が終わってから仕事が終わるまでの間、子供を事務所で遊ばせててもいいしさ。だから、もっと一緒に頑張ろう！」

「……とう……ございます。ありがとうございます」

こうして由起子は経理として幹雄のもとに残った。しかも彼女は教えられるごとに仕事を覚えていき、半年も過ぎるころにはすっかり守りの要《かなめ》となっていた。それは同時に幹雄の負担が軽減されたことも意味していた。

幹雄は由起子が上げてくる売上の数字をもとに資金繰りを考え、業者などと交渉しながら新店舗構想を具体化に移した。

そしてさらなるセンセーションを巻き起こしていく……。

〔第五章〕

レボリューション《revolution》

革命

ヴィスコンティー

幹雄が〝オズ・グループ〟を上回る店をつくりあげるために……そう思わせるインパクトをお客や〝オズ・グループ〟に与えるために、持ち得るすべてを投入してオープンさせたのが『ヴィスコンティー』である。

『ヴィスコンティー』は、いまだに草加を中心としたネオン街で燦然《さんぜん》と輝く伝説のキャバクラだ。

すべてが前代未聞だったが、大きくわけて〝コンセプト〟〝大きさ〟〝価格〟の三つが他を圧倒していた。

まずコンセプトは、イタリアのミラノ地方を征圧していたヴィスコンティー家の古い城をモチーフにしていた。また他店を圧倒する九〇の客席を擁する広さも前代未聞だった。そしてその料金設定も革新的であった。

「席数は九〇席。最低限の利益を出しつつ、他店では太刀《たち》打ちできない金額にするにはいくらに設定したらよいか……」

さまざまなシミュレーションを繰り返した。草加のネオン街が抱える客数、東武伊勢崎線沿線から集められる見込みの客数、ひとりのお客がキャバクラで使う金額の平均額など……。

その結果、導きだされたのは一時間三九〇〇円という金額だった。『ヴィスコンティー』よりもはるかに質の劣る周囲の店舗が、五〇〇〇円から六〇〇〇円という中でこの金額はまさに革命的な金額だった。

もちろんリスクがないわけではない。席数の多さは、売上の分母を増やすことを可能とするが、当然入らなくては意味がない。三九〇〇円という金額で利益を出すためには、八〇%が埋まった状態でなくては赤字となってしまう計算だったのだ。

しかし、これをクリアできると決断できたのは、その練り込まれたコンセプトと、店のクオリティに見合うだけのハイレベルなキャストたちを揃えられたからこそだった。

いや、この時、何十通りも試算し、集客をイメージした幹雄には「クリアできる」ではなく、「絶対の勝算」があった。それはオープン時からすでに待ち合い席を用意していたところからも見て取れるだろう。

こうして満を持してオープンした『ヴィスコンティー』は、案の定八〇%どころか連日、店の外まで続く長蛇の列……一二〇%を超える大盛況だった。

「オマエも来いよ！　マジ凄ぇから！」

その異国のような内装からは、水商売の持つ怪しさが微塵も感じられなかった。そのせいかキャバクラだというのに、男性客が思わず恋人を呼んでしまうことも珍しくないほどだった。

店に入り切らないお客の行列が途切れないことがあたり前となるほど、『ヴィスコンティー』の登場はセンセーショナルだった。

そして、ここで幹雄も予想だにしていなかった出来事が起こる。それは他店も張り合うように金額を三九〇〇円にしてきたのだ。

「おいおい……ムリだろ……」

幹雄はそう思った。周辺の競合他店の客席数では、たとえすべての席が埋まったとしても三九〇〇円では赤字になるはずだった。

案の定、それでは立ち行かなくなり潰れる店が後を絶たなかった。ムリと気づき、以前の金額に戻す店もあったが、一度下がった金額を知ってしまったお客にとってそれは「元に戻す」ではなく、「値上げ」と映り、客離れを引き起こした。そして、それらの店も結局は閉店に追い込まれ、『ヴィスコンティー』の登場から一年後には草加界隈の〝ネオン街地図〟はガラッと変わった。

そして、その地図の中には〝オズ・グループ〟の店の姿もなくなっていた。要となる幹雄と奈月が抜けたことで屋台骨を失った〝オズ・グループ〟は、この〝ビスコンティー・ショック〟に耐えることができなかったのだ。

新たなる敵

〝オズ・グループ〟が衰退し、草加界隈は幹雄が興した〝インフィニー・グループ〟が完全に掌握した。

しかし、それと同時に新たな敵からの攻撃が開始された。

「コルァ！　俺たちは客だぞ！　入れないってのはどういうことだ！」

店の入口で店長に入店を止められたヤクザ風の男たちが暴れていた。もともと、ミカジメ料などヤクザとの関わりをいっさい断っている〝インフィニー・グループ〟にはヤクザからの嫌がらせは少なくなかった。

しかし、『ヴィスコンティー』の登場により多くの店が閉店となって以降、その数はそれまでの比ではなかった。

ミカジメ料を払わない店のせいで、払っている店が次々と閉店に追い込まれた。ヤクザ側からしたら、とんだ営業妨害である。おそらくはその腹いせなのだろう。

「こちらに書いてありますとおり、暴力団関係の方の入店はお断りしております」

そうやって店長が懸命に粘っていると、黒服が通報した警察が駆けつけ、その場は収拾する。その繰り返しだった。

しかし幸いなことに、そんな光景を目のあたりにしても、『ヴィスコンティー』の客足が減ることはなかった。

すると今度は店の周りにこれ見よがしに数多《あまた》のチラシが貼られた。そこには、

『このお店はヤクザと付き合っています』と書かれていた。

それを誰がつくったのか。断定はできないが、これまでの経緯から容易に想像することができた。

とにかくチラシを見かけるたびにスタッフたちは総出で剥《は》がした。ここでも幸いなことに、それまでのイザコザを目のあたりにしていたためか、客足にはさほど影響が出なかった。しかし、これでは終わらなかった。

その日も『ヴィスコンティー』には開店前から行列ができていた。開店し、九〇席があっという間に埋まっても、その行列は続いていた。変わらない大盛況だ。しかしその日、最初のお会計の時に事件は起こった。

「何でこんなに高いんだよ！」

そのお客は叫んだ。黒服は慌てて計算をし直したが、やっぱり合っていた。

「そんなはずないだろ！　セット一〇〇〇円なんだから三〇〇〇円近く高いじゃないか！」

「えっ!?」

その場にいたスタッフたちは一様に首をかしげた。

「いえ……、当店ではそんな料金は……」

困惑気味にそういう黒服に、他のお客たちからも非難の声があがった。

「なんだと⁉　じゃあ、あのチラシはウソだっていうのかよ！」

「チラシ⁉」

またもや黒服たちは同じように首をかしげた。そして店長は「まさか！」と思うと、慌てて外に飛び出した。

そこには、『特別キャンペーン！　オールタイム一〇〇〇円——ヴィスコンティー』と書かれたチラシがあちこちの壁や電柱に貼られていた。

店長は慌てて事務所にいる幹雄に電話をした。

「社長！　セット料金一〇〇〇円というチラシが街中に貼られてるんですが……。何かご存知ですか？」

「一〇〇〇円⁉　何だそれは！」

「やっぱりご存じないですよね。でもいま、そのチラシを見たお客様で店内はあふれかえっておりまして。知らないで通してもお客様は納得していただけず……。どうしたらよいものかと」

「そういうお客様には一〇〇〇円で対応してくれ。信用の失墜だけは避けろ。俺もすぐにそっちに行く！」

「わかりました。お願いします」

しかも、そのチラシは壁や電柱以外にも一般民家や車の窓ガラスにまで、ところ構わず貼られていた。

「オイッ！　オタクはどういう了見してんだ！」

事情を知らない被害者が『ヴィスコンティー』に怒りをぶつけるのは至極当然である。ここで下手な言い訳をしても火に油を注ぐだけと判断した幹雄は、直接、そのチラシを剥がしに行き、詫びた。

結局、その日はクレームの電話が数えきれないほど寄せられた上に、売上は完全に赤字となった。日ごろからのお客の多さが裏面に出たのだ。

このチラシの出所もおそらくはそれまでのチラシの出所と同じだろう。しかし、いったいどこの誰がやっているのか。それがわからないことには打つ手がなかった。とにかくチラシを見かけては剥がす。また貼られては剥がす。そのイタチゴッコが続き、客足の増加とは反比例して着実に売上は落ち込んでいった。

根くらべ

チラシ妨害はそれからも終わる気配はなく続いた。

「このままでは店の継続が本当に困難になる」

そう判断した幹雄は、自身も含めたスタッフ総出で昼夜を問わず交代制で巡回にあたった。

すると数週間が経ったある夜中、チラシを貼る数人の人影を目撃。巡回していたスタッフたちは死に物狂いでそれを捕まえ、警察に突き出した。

「釈放です」

しかし実行犯たちは逮捕されることもなく、すぐに釈放となった。それは彼らが高校生だったからだ。

おそらくは暴力団の下部組織に属する暴走族かチンピラか何かだったのだろ

う。しかし、それでも未成年には変わりはなくどうすることもできなかった。

だが決定的な証拠もつかんだ。少年たちが持っていたチラシはファクスで送られてきたらしく、その原紙にはファクス番号が記載されていたのだ。

「この番号を調べてくださいよ！　絶対にどこかの組の事務所のはずですから！」

そう懇願する幹雄の願いも虚しく、警察には取り扱ってはもらえなかった。そしてまた振り出しに戻った。それからも店にはヤクザが押しかけ、路上にはチラシが貼られた。

しかし幹雄たちもそれらに対して徹底抗戦の構えを見せた。

チラシには巡回組を組織し、見回りにあたらせた。ヤクザが店に押しかけて来る時には、店長が入店を阻止した。その際、怒りに任せてヤクザが殴ろうものなら問答無用で裁判に持ち込んだ。ミカジメ料を強要した時にも裁判を起こした。

しかし事態は収拾するどころかますますエスカレートし、閉店後の『ヴィスコンティー』の入口に灯油がまかれると火を放たれたこともあった。深夜ということもあり、幸い負傷者も店の被害も大したことはなく営業は続けられた。入口はすっかりすすけてしまったが……。

しかし、それだけでは納まらず、幹雄の自動車や自宅の玄関でも火の手があがった。さらには身長の低い黒服がヤクザを制止しようとしたが失敗し、逆に持ち上げられると、〝ズポッ〟とゴミ箱に突っ込まれるという珍事件まで起こった。とにかく事態は混迷を極めた。

だがその間、幹雄たちも妨害しに来るヤクザを次々と起訴した。


そんな根くらべが三年も続いたころ、幹雄のもとに一本の電話が入る。

「アンタが社長か？　話がある」

電話口の相手はこの辺一帯のネオン街を取り仕切るヤクザの理事長だった。

（とうとう来たな……）

そう思うと幹雄は気を引き締めた。そして理事長が幹雄の事務所を訪れる形となった。

幹雄が行くのではなく、理事長が来るということに違和感を覚えたものの、念入りに準備をした。応接室には幹雄がひとりで待つ形をとるが、テーブルの下には何かあったときの証拠となるようにテープレコーダーを忍ばせ、スタッフもドアの向こうに配置させた。

そして件《くだん》の理事長が現れた。この男は凶暴で有名な巨漢だった。幹雄はこれから起こるであろう脅しに身構えた。

「最悪の場合、撃たれるかもしれないな……」

そう腹を括《くく》るほどだった。

「！」

だが、その男を見て幹雄は驚いた。これまでの経験上、ヤクザが幹雄のもとに脅しに来る場合は二、三人のことが多かった。しかし、この男はひとりで来ていたのだ。

「おひとりなんですか？」

幹雄のその言葉に理事長は意外な言葉を返して来た。

「自分もこんな立場なんで……。今日は社長に頭下げにきました。人前で頭を下げるわけにはいきませんから、ひとりで来ました」

（へっ……⁉）

予想だにしなかったその言葉に幹雄は自分の耳を疑った。

「社長がヤクザを嫌いなのは十分わかりました。ウチとしてもこれ以上、構成員を連れていかれるのは困るんですよ。この沿線の親分衆には自分のほうから手出しをしないように話をしておきますんで、ウチの連中を返していただけませんか？」

（マ、マジ……⁉）

それを聞いた幹雄は内心安堵した。

「わかりました。ウチもヤクザを刑務所に入れるためにお店をやっているわけではありませんので、もう商売のジャマをしないと約束していただけるなら起訴は取り下げます」

その後、この理事長はその旨を書面で誓約すると、釈放された構成員たちを坊主にすることでその誠意を見せた。

こうして三年にわたる闘争は終焉を迎えた――。

資金繰り

三年間の闘争は終わりを告げたが、幹雄には新たな壁が待っていた。〝資金繰り〟だ。

資金繰りは、経営者ならば必ず直面する問題。乗り越えられなければ当然、会社経営は立ち行かなくなる重大な局面である。

店舗が拡大すれば売上も大きくなるが、そこにかかる費用も大きくなる。運営に支障を来たせば、当然そこで受ける損害も大きくなり、補填すべき額も膨大となる。すでに〝オズ・グループ〟を凌《しの》ぐだけの一大グループとなった〝インフィニー・グループ〟である。幹雄個人が持ち得るすべてを注入しても、〝新たな壁〟を乗り越えるにはまだ数百万円足りなかった。

（どうしたらいいんだ……）

自分だけの力ではどうしようもない壁に直面した幹雄は悩んだ。一般企業であれば、「銀行からの融資を受ける」という乗り越え方もあるが、水商売への敷居は高く、銀行はアテにできなかった。親族に頼るという選択肢も幹雄にはない。

しかし八方ふさがりとなった幹雄に手を差し伸べる者がいた。

「ここに五〇〇万円あります。使ってください」

そう言ってきたのは、キャストから事務方となった由起子だった。経理を担当する由起子は、資金繰りに困窮する幹雄を誰よりもそばで見て来ていたのだ。

しかし幹雄はその申し出を即座に断った。

「そのお金は子供のために貯めたものだろ!? この先、グループがどうなるかなんてわからない。ちゃんとお金を返せる保証だってない。待本さんの気持ちは本当にありがたいけど、そんな大切なお金を借りるわけにはいかない……受け取れない!」

現実的にはこれを断ってしまえば、資金繰りの目途は立たない。もしかすると本当にグループが立ち行かなくなるかもしれない。だが、それでもそのお金の重さを天秤にかけた時、幹雄は借りることができなかった。

だが由起子はそんな幹雄に迷うことなく笑顔で言った。

「大丈夫です！　この会社は間違いなく成長します！　そして社長は間違いなく成功する方です！」

「何を根拠にそんな……」

力いっぱいに成功を肯定する由起子に幹雄は戸惑いながら返した。だが次に由起子が言ったひと言に幹雄は衝撃を受けた。

「直感です！」

それはかつて幹雄が奈月に言った言葉と……「オマエは成功するようにできている」――そう言ったのと同じだった。

人間は物事を判断する時、考えて決めるより直感で決めるほうがはるかに当たるものである。もちろん判断材料となる情報は必要であるが、最後に結論を下す時、背中を押すのは直感である。

幹雄はそれを「人は成功するようにできているから」と考えている。失敗する人は「失敗しないように」「悪くならないように」という考えにとらわれ、本来の流れを捻じ曲げるから失敗するのだと。

「ありがたく使わせていただきます」

幹雄は由起子の申し出を受け、そのお金を借りた。そして、そのお陰でグループは危機を脱することができた。もちろん手元にお金が入ると、幹雄はそのお金をすぐに由起子に返した。

［第六章］ パッション *passion* 熱情

苦悩

企業が発展していく時、トラブルは避けては通れないものだ。外因のトラブルを解決した幹雄に待ちうけていた次なる問題は、内因によるトラブル。つまり、社内の問題だった。

グループの売上はすさまじく、当然、そこを差配している店長にはそれに見合うだけの報酬を与えていた。

しかし、それをおもしろく思わない者たちがいたのだ。『クロス』を立ち上げる時から幹雄につき従ってきた四人の幹部だ。

「ヴィスコンティーの盛況も、グループの繁栄も、すべては俺たちのお陰のはずだ。それなのになぜ社長は自分たちよりアイツを優遇するんだ」

そんな不満を抱えた四人は突然、会社に姿を見せなくなった。辞めてしまったのだ。

これまで苦楽をともにしてきた仲間が何の相談もなしに――辞表さえ出さず

に会社に来なくなる。この出来事に幹雄はひどく心を痛めた。

同時に五人しかいない幹部のうち、四人が一度にいなくなってしまったのだ。

グループの運営に大きな支障を来たした。

しかし、そんな幹雄にさらに追い打ちをかけるような出来事が起きる。

「すいませんでした！」

それから数日後、四人は幹雄のところに謝罪しに訪れた。

「これまで一緒にやってきたのに何も言わずにいなくなってすいません」

「いや、いいんだ。俺もみんなの気持ちを汲んであげられていなくてすまなかった。でも、こうやって言いに来てくれて嬉しいよ」

四人の誠意に幹雄はあえて責めることはしなかった。

「でも、これからどうするんだ？」

「他の社員への示しもあります。いまさら戻ることはできません」

「そうか。これからは違う道か……。頑張れよ！」

「ハイッ！　社長も！」

そう言って去って行く四人の背中を幹雄は黙って見送った。

しかし、これで終わりではなかった。

翌週、グループが抱える店舗の上のフロアに新しいキャバクラがオープンした。そしてその店のオーナーというのが、何とあの四人だったのだ。

オープンまでの時間を逆算すると、グループにいた時から準備していたことになる。ましてや謝罪をしに来た直後の出来事である。あの謝罪をしに来てくれた気持ちさえウソのように思えてきた。

「なんで何も言ってくれなかったんだよ……」

幹雄はそのお店を見上げながら呟いた。

政治

四人の幹部の離反の背景には、次々に店をオープンさせるグループの躍進も少なからずあったようだ。彼らの目には、「キャバクラビジネスは簡単に儲かる」と映っていたのだ。

それはグループ内にいた彼らだけに限ったことではなく、その躍進を外から見ていた者たちの目にも同じように映っていた。一年の間に三、四店舗、三カ月から四カ月の間に一店舗のペースで出店していれば、そう思うのも無理はないだろう。

それを表すかのごとく〝インフィニー・グループ〟を引き金に、この地域には多くの小店舗が誕生した。それはからずも地域を活性化させていた。

一方、四人の幹部が抜けたことで、グループの運営能力が低下したことと合わせて、もうひとつの問題が幹雄を襲った。

グループには政治団体『政経ルネッサンス21』があった。政治団体は公示前から選挙活動ができるというメリットがあり、市議会議員選挙に立候補した知人を応援するために設立したものだった。そして次の選挙ではその四人の幹部のうちのひとりが立候補するはずだったのだ。

だが今回の離反により、「社員から政治家を輩出する」という目標は、いったん頓挫《とんざ》することとなった。

しかし、この目標の背景には水商売が……いや、日本が抱える問題の一端が関係していた。

キャストから経理として転身した由起子の一件から、幹雄は夜働く女性のための託児所の必要性を考えはじめていた。

「夜働く女性に限らず、シングルマザーにとって働いている間、子供を預かってもらえる託児所というのは生活に直結する重要な存在だ。安心して子供を任せられなければ働くことすら難しくなる。だが、この地域には絶対的に託児所が足りていない……地域の活性のためにも託児所は絶対にもっと必要だ！」

そして託児所『エンゼルルーム』を設置すると、認可を得るため、行政に申請を出した。

ちなみに「託児所」と呼ばれているものは、正しくは「無認可保育園」で、認可を得ると「認可保育園」となる。

認可を得るには保育士の人数や園庭の広さなどのハードルがあったが、そのための準備も万全にして行政の視察を待った。

ところが待てど暮らせど一向に視察が来る気配がなかった。業を煮やした幹雄は、人づてに政治家に相談をしたところ、視察にすぐに訪れた。

しかし後日、この政治家から今回の件の謝礼として、相応の見返りを要求されたのだ。

「こんなんじゃダメだ！　こんな連中に任せてられない！」

そう思った幹雄は、「社員から政治家を輩出する」という目標を掲げるようになった。

その崇高な目標は実現することなく、ここでいったん頓挫する。しかし、その後も幹雄の思いが変わることはなかった。

そしてそれは幹雄の意思を継ぐ者の出現により再び行動に移されるのだが、それはもう少し先のことである……。

後任

四人の幹部の離反後も幹雄は、自身とグループを鼓舞《こぶ》するように次々と新店舗をオープンさせた。

大型クラブ『パルテノン』、高級クラブ『ル・シェール』、『ジェリービーンズ』など……。どれも幸先のよい滑り出しとなった。

それから一年後、内部統制も立て直ったと判断した幹雄は、『ヴィスコンティー』の店長だった安田を社長に任命し、自身は会長として一歩下がることを決意する。

それはグループをより前進させるためには必要なことだった。最前線にいると、どうしても近すぎて見えない部分も出てくる。少し離れて俯瞰《ふかん》して見ることも必要だった。

またこのころ、カウンセリングというものを知った幹雄は、キャストにとって有意義なものだと思い、勉強を開始した。

カウンセリングというと、「心理的な不安を解決するもの」というイメージがあるが、それはあくまでその中の一環であり、働くことの目的や意義、その背景にある自分自身を再認識させたり、モチベーションやコミュニケーション力を向上させたりするのも、カウンセリングなのである。

グループが次のステージに進むために必要だと思ったあらゆるものの勉強を幹雄はこの機会に開始したのだ。

そして同時に、グループの舵取りを安田に一任し、草加を離れると、静岡の弓ヶ浜でしばらく過ごした。そこでさらにレストランバーなどをオープンさせるなど、これまでとは違う環境でまた新しい刺激を受けた。

その間も安田からの報告は受けていたが、「問題なし」という報告に安心して任せていた。

それから一年が経ち、久しぶりに事務所に顔を出した幹雄は我が目を疑った。売上は激減し、整理したはずの内部統制は惨憺《さんたん》たる状態になっていたのだ。

この惨状の原因をひも解いていくと、たどり着いたのは社長となった安田が立場にあぐらをかき、グループのためではなく、私欲のためにその権力を使っている事実だった。

「……」

しかし一度任せた以上、そのまま安田の采配を静観した。一年という時間は安田を大きく変えてしまっていた。一年前まではあれほどヤル気とモチベーションに漲《みなぎ》っていた安田だったが、いまは見る影もなかった。そして、その力ではもはや再建は不可能だと判断すると、安田を解任し、再び幹雄が最前線に立った。

「また俺がやらなきゃダメなのか……」

少しの喪失感と寂しさを感じながら、幹雄は再び草加に根をおろした。

異業種

幹雄が再び先頭に立つようになると、息を吹き返すようにグループは売上を取り戻した。再建が完了したと感じた幹雄は新規事業の開拓に着手した。

まずはシルバーアクセサリーショップの『L．Aマート』と、オリジナルブランドの〝ブラッド〟を立ち上げた。

そのキッカケとなったのは、訪問販売で自作のシルバーアクセサリーを売りに来た青年・榎本との出会いだった。

「いつかは自分の店を持つのが夢なんです」

そう語る榎本の熱情と可能性に賭け、幹雄はヘッドハントし、『L．Aマート』の店長にした。

それに合わせて『ヴィスコンティー』などを手掛けたデザイナー・前竹もヘッドハントすると、アクセサリーのデザインも描かせた。

〝ブラッド〟とそれを販売する『L．Aマート 南越谷』は、そのエッヂの効いたデザインが好評で、一年後には『L．Aマート 原宿店』、『L．Aマート松戸店』をオープンするほどだった。

また飲食店にも進出。焼肉店『モダン屋』、豚しゃぶ店『ブッタ』、寿司居酒屋『こがね』、串焼き『こがね』をオープンさせた。

しかし、どうしても進められない事業があった。それは〝ヘアメイク〟だ。幹雄にとってキャストは〝商品〟ではなく、同じ目標に向かって進んで行く〝同志〟だった。その同志がより高いステージでともに戦っていくには、前述のカウンセリングもそうだが、キャストの質を貪欲に高めていく必要があった。

他店と比較して自店の質に満足する……そんな妥協は幹雄にはなかった。そんな中で、ヘアメイクを自店で用意することは、幹雄にとっては必要不可欠なことに思えたのだ。

いまでこそヘアメイクはキャバクラの世界でスタンダードになっているが、この時それはおそらくまだ誰も成し得ていないことだった。

当然、そのために専属のスタイリストということに理解のある者が見つからなかったのだ。

そんな中、幹雄は井本哲司という青年と出会う。美容師をしていた井本は、スマートな雰囲気の爽やかな好青年だった。

しかしこの時、井本は美容師として今後の目標を見失っていた。そんな井本の目には次々と新しい事業を切り開いていく幹雄が眩《まばゆ》く見えた。

(俺もこの人みたいになりたい。この人の下で働きたい！)

そう思う井本だったが、グループには彼が活躍できるような部署はなかった。しかし、それでも幹雄の背中を追いたいと強く切望した井本は、幹雄に申し出た。

「運転手でも掃除係でも何でも構いません！　僕を雇ってください！」

そして井本は幹雄の運転手を務めはじめた。ヘアメイクを必要としてはいたが、アクセサリーなどと違い、キャストたちと直接、接する仕事だけに幹雄も慎重に様子を見た。

しかし井本と接する中で、彼が美容師としての技術だけでなく、人あたりのよさや視野の広さを持ち合わせていることに気づくと、草加と南越谷にヘアメイクスタジオをそれぞれつくった。

そこで井本は手腕をふるった。彼のヘアメイクは早さと同時に巧さがあり、キャストたちからの信頼を集めた。

それを見た幹雄は、美容部門『有限会社インプローブ』を設立し、井本に預けた。

目標を見失っていた井本にとって、与えられた仕事を一生懸命やっただけでさらなる〝やりがい〟を――しかも〝会社〟という夢を与えてもらえるとは思っていなかった。

このチャンスに井本は持ち得るすべてを注いだ。

美容室『Ｈａｉｒ　Ｆｉｘ　ＲＹＵ』をオープンさせると、そのハイセンスなテクニックが好評を博した。

そして井本の成長に合わせて越谷に『ＲＹＵ　Ａｓｉａ』、浦和に『ＲＹＵ　ＲＥＳＯＲＴ』、松原団地に『ＲＹＵ　Ｏａｓｉｓ』とネイルサロンの『ｎａｉｌ　ｐａｔｉｏ』、草加に『ＡＣＴ３５８』の五店舗を展開していった。

幹雄に憧れ、ただひたすらその背中を追いかけるうちに、井本には本人も気づいていなかった経営者としての才能が芽吹いていたのだ。

井本の成長にともないグループは水商売だけではない、総合エンターテインメント・グループとして着実に成熟していった。

ライバル

草加界隈には、新興の繁華街・南越谷や西川口などの繁華街があり、当然そこにはさまざまな店がある。その中には〝インフィニー・グループ〟を、ひいては幹雄を尊敬している店もあれば、妬《ねた》む店、さらには挑んで来る店もある。業種は違うが、ホストクラブを何店舗も経営している後藤克則も、幹雄にライバル心を持つひとりだった。

ある日、幹雄は出入りの保険会社の人間から後藤を紹介された。幹雄もウワサ程度には後藤の存在は聞いていたので何となくは知っていた。

「後藤さんのお店もずいぶん勢いがよいそうですね」

「いえいえ。インフィニーさんに比べたらまだまだですよ」

謙遜するその言葉の裏側には、後藤の自信が垣間見えた。

(〝オズ・グループ〟亡き後、草加界隈の覇権を握ったと言われている〝インフィニー・グループ〟――だが、力は絶対に俺のほうが上だ!)

己の身ひとつ、才覚ひとつで何店舗も切り開いてきた後藤には絶対の自信があったのだ。

(〝インフィニー・グループ〟の眞田幹雄――ヤクザ相手に三年間、徹底抗戦したっていうから、どんなイカツイ男かと思っていたが、想像よりもずっとヤサ男だな)

後藤は宣戦布告の意味も込め、この場を設けていた。しかし、この後藤との出会いが幹雄の、そして〝インフィニー・グループ〟のその後を大きく左右することになる。

後藤克則という男

後藤という人物は、枠にとらわれない実にヤンチャな男だった。一六歳で家出をすると、姉とふたり暮らしをしている友達の家に転がり込んだ。そこでホストをしていたその姉の恋人からホストという仕事を知る。

「ホストはいいぞ〜。早起きしなくていいし、通勤ラッシュの満員電車に揺られる必要もない。女の人とタダでお酒が飲める上に、それが仕事になって、サラリーマンよりもはるかにイイ金がもらえるんだ」

（マジかよ！）

その甘い言葉に目を輝かせると、後藤はホストクラブで働きはじめた。しかし、現実はそんなに甘くないということをすぐに思い知らされる。

「初めまして、克則です」

客席に着く時、大人びて見られようとちょっと気取って登場してみる。

「ヨロシクね、克則君」

だが、客席の四〇代の女性からは当然、子供扱いだった。

またホストクラブの内側は体育会系ノリの業界である。

「克則！　トイレが汚ねぇじゃねぇか！　ちゃんと掃除してんのか！」

「すいません！」

先輩からの怒号が飛ぶことも少なくなかった。

それでも持ち前の根性から逃げ出すことはなく、しだいにお客や先輩からも可愛がられるようになっていった。

しかし、流れる水のごとく移り変わりが早いのが〝水商売〟である。仕事に慣れてもすぐにその店は潰れてしまい、また新たな店に移ってもしばらくしてまた潰れる。その繰り返しだった。

「俺、自分の店やることにしたんだ！」

そんな折、同じ店で働いていた藤田が独立を決意した。

「ヘェ、スゲェな……」

お店を開くとなると、何千万ものお金が必要となる。そう思っていた後藤は、素直に感心した。

それから数年が経ち、二五歳を迎えた後藤は、ホストとして行き詰まりを見せていた。

「俺ももうイイ年だもんな。そろそろ夜をあがるかな。昼間のマジメな仕事でも探すかな」

そう思いはじめていた。

しかし、そのような思いと同時に、「でも、まったく違う仕事に就いてこれまでの時間を無駄にすんのもな……」という気持ちもあった。

そんな時、数年前に独立した藤田からの連絡が入る。

「久しぶりだな。その後、店はどうだ？　順調か？」

「ああ、おかげさまでな。今度、二店舗目を出すんだ！」

そう電話越しに言う彼の声には自信がみなぎっていた。それを少しだけ羨《うらや》ましく思いつつも、「自分はもう夜を卒業するし……」と他人事のように聞いていた。

「それで後藤に頼みなんだが、二号店を手伝ってもらえねぇか？」

「俺に？　でも、いまさらホストやるのもなぁ…」

「違ぇよ！　店長を補佐してもらいてぇんだ」

「店長補佐ぁ？」

「加賀美って後輩いたろ？　アイツに店長を任せるんだけどさ、ちょっと頼りないとこあるだろ？　だからアイツを裏から支えてやってほしいんだ」

ホストとしてではなく、ホストとしての経験を活かせる。そのことに気づくと、その事実は昼間の仕事とホストとの間で揺れていた後藤の背中を押した。

「わかった！　引き受ける！」

こうして店長補佐となった後藤は、これまでの経験と持ち前の行動力を駆使して店長を支え、店は小さかったが連日、盛況を極めた。

しかし店の安定とは裏腹に、持ち得る能力を相手の器に合わせて使うにはまだ幼く、方針の違いから後藤は頻繁に店長と衝突するようになっていった。

「テメェ、先輩の言うことが聞けねぇってのか！」

「店長は俺だ！　店を任されてるのはアンタじゃねぇ！」

言いながらも後藤は自分の言い分のほうが間違っていると思う時もあったが、相手が後輩だと思うと、素直に身を引くことができなかった。

「この店にとって俺がいることはプラスじゃない……」

そう思うと後藤は店を後にした。それから一年ほど、目標を失った後藤は自暴自棄な生活を送った。

そんな生活の中で遊びに連れて行かれたオカマバーでウェイターとしてバイトをはじめることになった。

もちろん後藤はオカマでもゲイでもなかったが、キャバクラともホストクラブとも違うその独特の雰囲気には惹かれるものがあったのだ。

店は隣のテナントと軒続きになっていた。働きはじめて少しすると、後藤はそのテナントが空いていることに気づいた。てっきり居酒屋が入っているものだとばかり思い込んでいたがすでに閉じており、ずっと空いた状態だった。

「場所も悪くないのにもったいないな」

そう思った後藤は、オカマバーの社長に頼み、そこにBARを開いた。BARというと、暗めの照明にカクテルやウィスキーなどの気取った雰囲気の店を連想するが、後藤が聞いたのは焼酎などのボトルが置かれた気軽な店だった。これまでのホストクラブで培った飲食店ノウハウや交友関係の広さに助けられ、店は予想外の繁盛を見せた。

だが思いどおりに行かないのが人生なのか、突如オカマバーの社長から店を閉じるように言われる。理由を問いただしても納得できるような回答はなかった。BARの客足が増えた影響で、隣に店を構えるオカマバーに何か迷惑をかけたからなのか、まったく別の理由からなのかはわからなかったが、後藤は撤退を余儀なくされた。

だが、店にはお客のキープボトルもあり、そのまま終わりとするには忍びなかった。そこで知り合いの大家に頼んだ。

「――こういう理由《ワケ》なんで、お店を貸して欲しいんです。ただ、お金はないんスけど……」

事情を話した後藤に大家は予想外の言葉を返して来た。

「わかった。それなら敷金も礼金もナシでいい！」

しかし、後藤もチャッカリした男である。さらに言葉を返した。

「もうひと声！」

「もうひと声⁉」

まるで市場で値切るかのような合いの手に大家も思わず聞き返した。

「もうちょっと負けて！」

女の子が言えば可愛いのかもしれないが、そこは三〇絡みの男である。可愛くはなかった。だが、仕方ないと思わせる憎めなさが彼にはあった。

「――ったく、チャッカリしてるよ。わかった！　じゃあ家賃は後払いでどうだ！」

「ありがとうございます！」

後藤は深々と頭を下げた。

こうして彼は、自身の店を正式にオープンさせるのだった。

オープン初日、後藤の手元には二万円しかなかった。店はジャンルで言えばカラオケパブ的な店だったが、酒の品揃えは極端に少なかった。それでも、買えるだけのお酒を仕入れ、それで上がった売上でさらに新たなお酒を仕入れて……と「ワラしべ長者」のようにステップアップしていった。

お客にも恵まれ、一年半が過ぎるころには、運営する店は四店舗にまで拡大していた。その過程で、これまでの経験からか、カラオケパブだった店はホストクラブへと変貌を遂げていた。

勢いに乗る後藤の攻勢はこれで留まることはなかった。さらにゲームセンターなどの遊戯店も手掛け、全店舗を合わせると八店舗にまで増えた。

格

「事務所を見させてもらってもいいですか？」

「事務所？　お店じゃなくて？　別にいいけど……」

後藤のその申し出を幹雄は不思議に思ったが、了承した。

（店は客として行けばいつでも見られる。それより噂のインフィニー・グルー

プの事務所がどうなっているのか——それはいましか見られない）

幹雄には負けまいと思ってはいたが、相手のいいところは貪欲に吸収しようとする。後藤もまた一流の男だった。

「……」

しかし、〝インフィニー・グループ〟の事務所を訪れた後藤は言葉を失った。オフィス用デスクが整然と置かれ、その上にはパソコンが置かれている。事務用の大型のファクス兼コピー機が置かれ、スチール製のラックにはファイリングされた書類が整然と置かれている。その様子は完全に〝企業〟だった。そして何よりも——。

「こんにちは！」

訪れた来訪者に対してキチンと起立して会釈する教育された社員たち。

（ダメだ。この人には勝てねぇ）

勝負の舞台であるはずの店舗を見ずして後藤は幹雄の凄さを理解した。

それからの後藤は、自分の店の運営をしていても上の空だった。どうしても

〝インフィニー・グループ〟と自分のグループを比較してしまうのだ。そして、その差を縮めようと、自分なりに四苦八苦し、テコ入れをしてみるも、思うような形にはならなかった。

そして一年ほどが過ぎたころ、後藤は幹雄のもとを再び訪れた。

「僕を眞田さんの……会長の下で勉強させてください」

そう言って頭を下げる姿からは一年前の挑戦的な気迫は感じられず、代わりに学ぼうという真摯《しんし》な姿があった。そんな後藤に幹雄は右手を差し出すと、

〝ニッ〟と笑みを浮かべながら言った。

「俺もオマエも絵を描いてピカソにはなれないし、ピアノを弾いてベートーベンになれはしない。同じように生まれて来た俺たち凡人がどうやって成功して幸せになれるのか……やってみようぜ！」

そしてこの後、グループに加わった後藤は、最前線に立ちさまざまな難題を切り開いていくのだった。

眞田幹雄語録

幹雄が人を引き付けるポイントのひとつに、〝眞田幹雄語録〟とも言える独特な表現がある。幹雄の信念から生まれるそれは、ユーモアのあるものもあれば真理をついたものもある。例えば――。

「生きている以上、自動的に命がかかっている。それを無駄にするな」

一生懸命仕事しろ！　では人の心は動かないが、こう言われると「頑張らないのはもったいないのかも……」と思う人は少なくないだろう。

逆に――。

「オマエがウンコだから、まわりにハエがたかってくるんだ！」

いわゆる「他人は自分を映す鏡である」であるが、こう言われると、いまの自分が大丈夫なのかをよりリアルに見つめ直してしまう。その他にもさまざまな名言（迷言？）がある。

「自信を築けば、恐怖は消える」

「自分のセンスに気付くセンスが必要だ」

「感性は本人が持っているもの。だからリーダーは感性を押しつけるのではなく、引き出してあげなくてはならない」

「毎日の出来事は自分に何かを学ばせるために次々と発生する」

「謙虚じゃないと……偉そうなおっさんは終わる」

「人生は螺旋《らせん》階段だ。近そうに見えて遠く、急ぎ過ぎると遠心力で振り落とされる。一段一段、一歩一歩確実に歩まないと」

日々の生活から人生哲学まで、すべての言葉は幹雄が人生を歩みながら試行錯誤、苦心してきた証拠だ。だからこそ、かつての幹雄と同じ壁にぶつかり悩む者に的確に伝わり、心を動かすのだろう。

招かざる客

店舗運営に困難はつきものだ。ヤクザではないが、ヤクザを装って脅しに来る輩《やから》も珍しくなかった。

ヤクザとの闘争以降も、「インフィニー・グループ不可侵」の密約を知らないエリア外のヤクザがやってくることがしばしばあった。

「ふざけんじゃねぇぞっ！」

ある晩、悪酔いした客が『ヴィスコンティー』で暴れていた。ボーイの制止の言葉も逆にその男の怒りを買い、止まる気配もない。

幹雄が事務所から駆け付けると、男は幹雄に絡みはじめた。

「テメェがオーナーか。ずいぶん好き勝手やってくれてんじゃねぇか」

いきなりのことで男の言っている意味がわからなかったが、どうもこの男はそういった輩のようだった。

いつの間にか男の論点は、どこの組ともつき合わずに通しているグループに対するものになっていた。

「本当はいるんだろ？　バックもなしにそんな強気な態度とれるはずがねぇ。どこが〝後ろ盾《ケツモチ》〟だ！　ココに呼べよ！」

これには幹雄も困り果てた。呼べと言われても本当に〝ケツモチ〟などいないのだから呼びようがない。

（ウーン……。〝ケツモチ〟ってトラブルがあった時に頼る相手だよな）

と思った幹雄は――。

「わかりました。それではいま、呼びますので少々お待ちください」

そう言って幹雄はフロントに行き、そこの電話を使って、どこかに電話を掛けた。それから五分ほどすると、幹雄は呼びよせた男を連れて客席で待つ男のもとに行った。

「お待たせしました。当店の〝ケツモチ〟です」

背後からかけられた幹雄のその言葉に「待ってました」と言わんばかりの好戦的な顔で振り返ると、男は「ハッ…⁉」と小さく声を漏らした。

そこにいたのは制服を着た警察官の姿だった。

「なんだソイツは……。どういうつもりだ⁉」

いまにも血管がブチッと音を立てて切れるんじゃないかと思えるほど、男の表情は怒りに満ち満ちていた。しかし幹雄はそれとは対照的に接客スマイルのような笑顔で飄々《ひょうひょう》と答えた。

「警察の方です」

まるで知人を紹介するかのように言うと、さらに言葉を続けた。

「お客様から当店の〝ケツモチ〟を出すように言われましたが、残念ながら当店では本当にそういったおつき合いはございません。ですので、同じような意味合いでトラブルがあった際に相談する警察署の方にご足労頂きました」

「テツメ……」

〝ブチッ〟と音が聞こえた気がした。

男は幹雄につかみかかろうとしたが、警察官が間に入るや否や、〝ズダンッ！〟と大きな音を立てて、フロアの床の上に仰向きになって倒れた。

「ガッ」

そう声を漏らすと、大の字のまま動かなくなり警察に連行されていった。

そして翌日、テレビをつけた幹雄は驚愕の声をもらした。そこには『逆上か？自動車が警察署に突っ込む』の文字とともに、警察署の入口にめり込んだ自動車の映像が映しだされていた。

「近所じゃん……」

そう思った幹雄は、次の画面が映し出されるとさらに驚きの声を上げた。そこに映し出された男は昨日、店で暴れていたあの男なのである。

「もしかして逆上って、あの一本背負いの⁉」

そう思いがおよぶと、不謹慎にも自動車が突っ込んだのが警察署でよかったと思う幹雄だった。

合流

〝インフィニー・グループ〟は設立から十年ほどの間にキャバクラや飲食店の他にも美容室、アクセサリーショップ、ドレスショップ、求人誌出版、ＩＴ部門など三〇近くの店舗や会社を抱える総合エンターテインメント・グループへと成長していた。

そしてそのグループを支えるのは、持ち前の行動力で次々と新たな道を切り開いた後藤。美容部門のみならずキャバクラ部門もその独自のセンスで支えはじめた井本。経理などの屋台骨を支える由起子。そして新たに加わった後藤の懐刀・荒井だった。

荒井とは、後藤がホストクラブを経営していたころ、新店舗を出店すべく敵情視察として入店したホストクラブで出会った。後藤も破天荒な男だが、その後藤をして荒井は「異端児」と言わしめた。

例えば、ホストの世界で「トイレ掃除は新人がするもの」というあたり前すぎるルールがある。しかし、敵情視察で入店した後藤が目のあたりにしたのは、そのルールに牙を向くひとりの新人ホストの姿だった。

「何で新人がトイレ掃除をするのがあたり前なんスか？　先輩はトイレ使わないんスか⁉」

「いや、使うけど……」

「じゃあ、先輩は？」

「俺も使う……な……」

「だったら、みんなで公平に決めるべきじゃないスか！」

そんな調子でこの新人ホストはなんと、店長も含めてジャンケンでトイレ掃除を決めるというルールをこの店につくらせてしまったのだ。しかも納得の上で。

（なんだ……コイツは……⁉）

それが後藤の荒井に抱いた第一印象である。

他にも遅刻が多く、一向に店に姿を現さない荒井を連れてくるように言われ、荒井のアパートに乗り込んだ時には、後藤は我が目を疑った。

荒井の部屋には家具がいっさいなかったのだ。テーブルも本棚もテレビ台も何もなかった。テレビも雑誌も昨日食べたと思われるカップラーメンのカップもすべてが床の上に置かれていた。ちなみにその時、残り汁の入ったカップラーメンのカップは灰皿として機能していた。

（……大丈夫か……コイツ⁉）

それが荒井に対して、後藤が二度目に思ったことだった。

その後、荒井は独立し、ショットバーや居酒屋『長治』をオープンさせる。そんな荒井を祝うべくショットバーを訪れた後藤は、また我が目を疑った。店には「カクテル禁止！　ｂｙ店主」の看板が……。

（ショットバーでカクテル禁止って……。コイツ……天才か、大バカのどっちかだな）

そんな後藤を横目に荒井の店は流行《はや》っていた。それは破天荒で物怖じせずつねに堂々としている――それだけの男では、けっしてできないことだっただろう。

ワンポイントのように前髪にある若白髪のせいなのか、それともその破天荒さからは想像できない恐妻家のせいなのか……そんな一面を持つ荒井には人を引きつけて離さない魅力があった。

後藤の誘いにより合流したこの荒井の影響で、グループはいまだかつてない勢いに乗ることができたのだ。


そしてもうひとり、グループへの参加を――いや、復帰を果たす人物がいた。

「お久しぶりです」

そう言って幹雄のもとを訪れたのは、奈月だった。奈月は〝オズ・グループ〟から離れた後、試行錯誤しながら自分の店を三店舗まで拡大。経営者として、そして名物ママとして成功を収めていた。

別れてから一一年。当然、その間に奈月も成長し、自身のこと以上に自分の下で働く仲間たちのことを第一に考えるようになっていた。

「会長が以前、『オマエは成功するようにできている』と言ってくれたとおりになっているのか、それともまだ足りないのかはわかりませんが、とりあえず何とかやれてます」

そう言う奈月に幹雄は、我が子の成長を喜ぶかのような気持ちになった。

「でもいまのままでは万一、私が倒れたらお店は立ち行かなくなってしまうと思います。それでは経営者としては失格だと思います。もちろん、そうならないように自分なりに努力はしましたが、うまくいきませんでした」

そこでいったん言葉を区切ると立ち上がった。

「だからお店と女の子たちを、〝インフィニー・グループ〟に合流させてください！　私たちを〝インフィニー・グループ〟に入れてください！」

そう言って深く頭を下げる奈月に幹雄は優しく言った。

「こちらこそ心強いよ。よろしくお願いします」

こうして一一年ぶりに奈月が戻り、グループは万全の態勢となった。

ルーツ

幹雄のこれまでの人生はまさに〝激動〟だった。しかし幹雄にその自覚はない。それは自分の人生はそれしかなく、それがあたり前だったからだ。

しかし幹雄ほど数奇な運命のもとに生まれた者は他にいないだろう。自分自身の起源――ルーツを知った時、幹雄はあることを決意する。

幹雄の祖父は、戦争の時に日本に来てそのまま日本に定住した、いわゆる〝在日韓国人〟だった。

幹雄はもちろん、両親も弟も話す言葉は日本語で、韓国語は読み聞きすらできなかったが、その国籍は「韓国」……つまり韓国人なのだ。

しかし現実はそうではなかった。そう教えられていたが、調べると韓国にも幹雄の戸籍がなかったのだ。

その時の幹雄は〝暫定韓国人〟という扱いだった。つまり「韓国人らしい」というものだ。

日本で生まれ、日本で育ち、日本語を話す自分は日本人ではなく、韓国人ですらない。いったい自分は何者なのか……。幹雄は初めて自分のアイデンティティーについて考えた。

そのままではパスポートすら取れないので、幹雄は手続きをして自らの戸籍をつくった。自分からはじまる戸籍を。

戸籍に登録されている者を〝国民〟という捉え方をする〝国〟の見方で言えば、幹雄は両親も兄弟も伴侶も子供もいない突如、現れた存在である。そのまれな環境に幹雄は「戸籍に自分の生きた証は残さない」という信念を立てた。

〝眞田幹雄〟という戸籍は前にも後にも続けず、このひとつの〝点〟のみで終わりにするというのだ。

しかし決して、誰にも気づかれない静かな人生を送るというものではない。

幹雄は国の代わりに自身のアイデンティティーを〝インフィニー・グループ〟に置いたのだ。つまり幹雄にとってグループは国であり家族なのだ。

そう考えると、幹雄のグループのためなら一歩も引かない破天荒な姿勢もうなずけるだろう。

幹雄は愛国心にあふれた〝インフィニー人〟なのだ。

熱情

奈月が加わり、グループはさらに活気づいた。ママとして誰よりも現場を理解している奈月の存在はキャストたちにいい影響をもたらした。

そして奈月はキャストのスキルアップのために、毎月勉強会を開いた。最初は面倒くさがる者も少なくなかったが、そこで教わったことがすぐに仕事で役に立ち、そして指名に繋がる者が現れると、その有益性が口コミで広がり、率先して勉強会に参加する者が増えていった。

この勉強会はスキルアップだけでなく、キャストたちのモチベーションアップにも大いに役立った。これほどのスキルとヤル気を内在したキャストを多く要するお店はそうはないだろう。

働く女性の姿を説いた奈月の勉強会は噂が噂を呼び、グループの外でも反響を呼んだ。

そして一般企業からも研修の依頼が来るようになり、さらに出版社からも書籍化の依頼が来るほどだった。

『キャバクラ嬢の作法』として出版された奈月の著書は、実用書にして一万部を超える反響を獲得し、さらに第二弾『キャバクラ嬢のメール術』も出版した。

チャンスを得たグループは、活躍の舞台を海外にまで広げた。都心に進出していくよりも、さまざまな可能性がある海外のほうが熱気を感じたからだ。

まず中国では後藤が、誰よりも率先して道を切り開いていった。蘇州で現地の企業と共同経営の話をまとめると、和食料理『水の都　本店』、『水の都　新区店』をオープンさせ、さらにはクラブ『カオス』もオープンさせた。しかも、これだけにとどまらず、上海でもクラブ『あや』をオープンさせた。

次いでアジアの金融の中心地・シンガポールで二店舗を同時オープンし、南国の楽園と言われるフィリピン・セブ島にも出店を果たした。さらにタイにおいてはデザイン会社を起こした。それらはすべて幹部たちの力によるところだった。

そう……、幹雄は経営をこの新たに育った幹部たちに託した。それはかつて安田に託そうとしてできなかったことだ。

「今度こそ託せる！」

幹雄はそう確信している。だからいま、グループは幹雄の意思を継承した後藤が社長となり最前線で戦っている。頓挫していた「政経ルネッサンス21」の歯車も後藤が廻した。二〇一〇年一一月の埼玉県草加市議会議員選挙に自らが立候補することを決意したのだ。

もちろん他の幹部たちも一緒に戦っている。家族のいない幹雄にとって、彼らは本当の家族以上に家族となった。

家督を継いだ後藤がヤンチャな長男。父を慕い父に追いつこうと頑張る井本が次男。長男と一緒になってさらにヤンチャをする荒井が三男。個性の強い弟妹たちに手を焼きつつも優しく見守る由起子が母親代わりの長女。自由奔放だけど兄姉たちのムードメーカーとなっている奈月が末っ子。そして、その子供たちの下には、三〇〇人以上の孫たち――みんな、大切な家族だ。

早くに両親を失い、弟とも死別し孤独な人生を送ってきた青年はいま、〝インフィニー・グループ〟というその熱情のもとに集った大勢の家族に囲まれている。

そして彼らの熱情がこれからもグループを発展させていくのだろう。そう、インフィニティー――無限に。

［巻末資料］

◉眞田幹雄語録

本編では書ききれなかった〝眞田幹雄語録〟の中から、印象的なものを抜粋。おもに店長や幹部に向けた言葉が多いが、働くすべての人にとって背中を押される言葉だろう。

・俺は人を絶対に裏切らない！　って思って人と接するんだ。

・想像力がないと工夫が生まれない。

・つねに最悪な状況を考えなさい。

・笑顔は数字化できない。

・謙虚な姿勢はどんな人にも大切だぞ！

・何をやっていいかわからない時は、灯台のようにあたりを見回しなさい。客観的に物事をみるのも大事だぞ。

・〝こうなりたい〟って強く思った人がそうなるんだ！　人生はその繰り返しだぞ。

・世の中〝気付き〟が大切だ。気付かないヤツは何をやってもムリだよな！

・ラクが楽しいのではない。楽しいからラクになるんだ。

・仕事の楽しさってすべてのタイミングが合った時、感じられるよな。

・部下の三倍働けないと、上司と呼べない。

・ダサい人間になるな。

・俺は犯罪者でも雇う自信がある。

・〝これをやったら〟っていうインパクトって大切だぞ。

・大抵の人間は過去を振り返りながら人生を歩んでいる。先を見て歩むことに気付ける人ってそんなにはいない。

・ヤクザが来ても絶対に引くな。一ミリも引くな。立ち向かえば相手が逃げることもある。

・こいつだったら大丈夫だ！　って思わせる雰囲気が必要。

・人、仲間、組織、家族に命をかけて付き合う。そうすればその人たちも命をかけて付き合ってくる。

・誰も、どこもやらないようなことをどこまでやれるか。それが人の、そして企業の差になる。

・思うのではなく、感じるレベルまで自分を引き上げろ。

・現場や人に対して「怒る」ということは「怒らなければならない」レベルでしか自分がつくれていないということ。

・暗闇の中で周りが見えなくなった時は、自分を燃やすか、自分を輝かすと闇が明けていく。

・「俺は俺だから」と言っているヤツは乞食と一緒のことを言っている。

・信頼を失うことを恐れることが信頼を失うことにつながる。自信を持て！

・俺の会社は家族だからクビはない！　その気があるヤツは戻ってこれるんだよ。

・人は厳しい環境でしか成長しない。自分も部下も厳しい環境にする。そして負けないこと。そこに成長はある。

・会社にも店にも存在理由が必要だ。

・謙虚でありなさい。経営者は存在自体が傲慢《ごうまん》だ。気をつけなければいけないうちは、まだまだ謙虚な気持ちが足りない証拠だ。

・成功は能力の度合いで決まるのではなく、情熱の度合いで決まるのだ。

・休みが取れないのは部下を育てられないからだ。休まないでくれとは頼んでいない。

・考え込んで精神を害してしまうような人は、経営者をやめたほうがいい。

・組織は情報（報告）と指示で動いている。情報が少ないと上が指示を誤る。

・報告は権利ではなく義務であり、上司に求められて行うものではなく、自分から行うもの。大きな会社全体の不利益につながることを忘れてはいけない。

・ひとりの力は小さい。一人ひとりの力を最大限に引き出すことに力を入れる。自分の力だけでは結局、何もできない。
・上司になると部下を教える、育てるという気持ちになるが、自分が成長し、みんなに影響を与えられるのがリーダーだ。
・褒めもせず、叱りもせずになっていないか？　褒めたり叱ったりは、大事なコミュニケーションであると同時に基準の確立になる。
・連絡が取れないではすまないよ。すませないって姿勢が上司にないから、連絡がとれないんだろ。責任問題だよ。
・気持ちにも段階があるから、気持ちの段階を個々のレベルに合わせて始動しよう。
・夢を抱く者はごまんといる。俺と他の人との差は能力とかではなく現実にやるか、やらないかだけだと思っている。

・一流のレーサーは壁に四センチまで寄れる。アイルトン・セナは三センチ。極限からの努力……「もう限界」と思った時にもう一歩できるか？　そこで人は成長する。

・自分を磨くと感性が磨かれる。勘が働く。チャンスをつかむ。

・怒りをコントロールすることは必要だ。だが怒りを感じる心がないのは怖い。

・今のヤツは障害が来る前に逃げる。

・人間だけ桃の種をまいて柿の実を得ようとする。人のことを悪く言うのに、自分は言われたくない……まいた種の結果しかないのに。それを不思議と思うか自然と思うか。

・今ここにいることに意味があり、インフィニーのみんなといることの理由はこれからの未来にあります。過去は必要ありません。

infini 社訓

1. 何事もシンプルに考えること
2. 過去はオールベスト
3. 何者からも学び気付けること
4. 謙虚であることが美しい
5. 本質を見抜くことが最も大事
6. 仕事は自ら創るべきで、与えられるものではない。
7. 難しい仕事を狙い、そしてこれを成し遂げるところに進歩がある。
8. 一度取り組んだら、目的を完遂するまで絶対にあきらめるな。
9. 摩擦を恐れるな、摩擦を恐れる者は卑屈になる。
10. 信念を持て、信念は何ごとも打破する強力な武器である。
11. 仕事に情熱を持て、成功は能力よりも情熱の度合いで決まる。

infini コンセプト

〈経営ビジョン〉ある姿、あり方

インフィニーはインフィニーの社員インフィニーに関わるすべての人々に新しい可能性や夢に挑戦できるステージを提供し、オープンで自由で遊びがあり魂の成長がある会社であること。

〈経営理念〉日々共通して大切にしていく考え価値

1. INFINI はすべてのお客様に満足していただける時間と空間を演出・プロデュースする中でお客様に夢を提供していること
2. INFINI はすべての人々に愛され、価値を認められる業態開発と、今までにない新しい事業開発を続ける中で社会貢献をしていること
3. INFINI はすべての社員に社会貢献とお客様に夢を提供する事業を通して人間的向上と社員全員の夢を実現させていること

〈経営方針〉目指す方向

1. 店舗の出店にあわせ新店舗を軌道にのせ安定させて行くことのできる技術と、人間性を兼ね備えた社員の育成をしていること
2. 新業態・新事業を開拓し成功させて行くことのできるフロンティアスピリッツとセンス、そして最後まで諦めないガッツを持った社員育成をしていること
3. 企業の経営とその成長をさせていくことのできる人間的魅力と指導力を持った社員の育成をしていること

infini 報告義務の徹底

1. ありのまま、私情入らぬ報告をする。
2. 報告は義務であり、上司に要求されて行うものではない。
3. 報告は〝悪い〟報告、〝出来ない〟報告こそ積極的に行わなければならない。
4. 報告は〝何かあったらその場ですぐ〟行うのが鉄則である。
5. 報告は、いつ、どこで、誰が、誰を、何を、なぜ、どの様にして、どうなったかを、はっきりとしなければならない。
6. 事前報告、中間報告、事後報告を徹底する。
7. 報告は、結論から述べ、内容は質問に対して、的確に答える。
8. 報告事項が多い時、複雑な時は、必ずメモを用意して行う。
9. 幹部が直接報告を求める場合でも、直属上司への報告は必ず行う。
10. 上司は部下のどんな状況も把握する立場にあるため、部下により多く、より詳しい報告を、つねに求めなければならない。

infini 経営目標

2015年に、年商10億円以上の会社を10社設立していて、グループで100億円企業となっている。

2010年度
　グループ全体で年商13億　7社 独立企業の確立
2011年度
　グループ全体で年商15億　10社グループ企業の確立
2012年度
　グループ全体で年商30億　グループ企業の展開
2013年度
　グループ全体で年商50億　グループ企業の展開

今までにない新しいタイプの事業を創造していること

1. クラブ業界の進展
2. 外食業界の確立
3. アパレル業界の確立
4. 美容業界の確立
5. 海外事業の確立
6. 他事業の進出と支援

ガラス張り経営

インフィニーは、見てはいけないこと、言ってはいけないこと、聞いてはいけないことはないオープンな会社である。

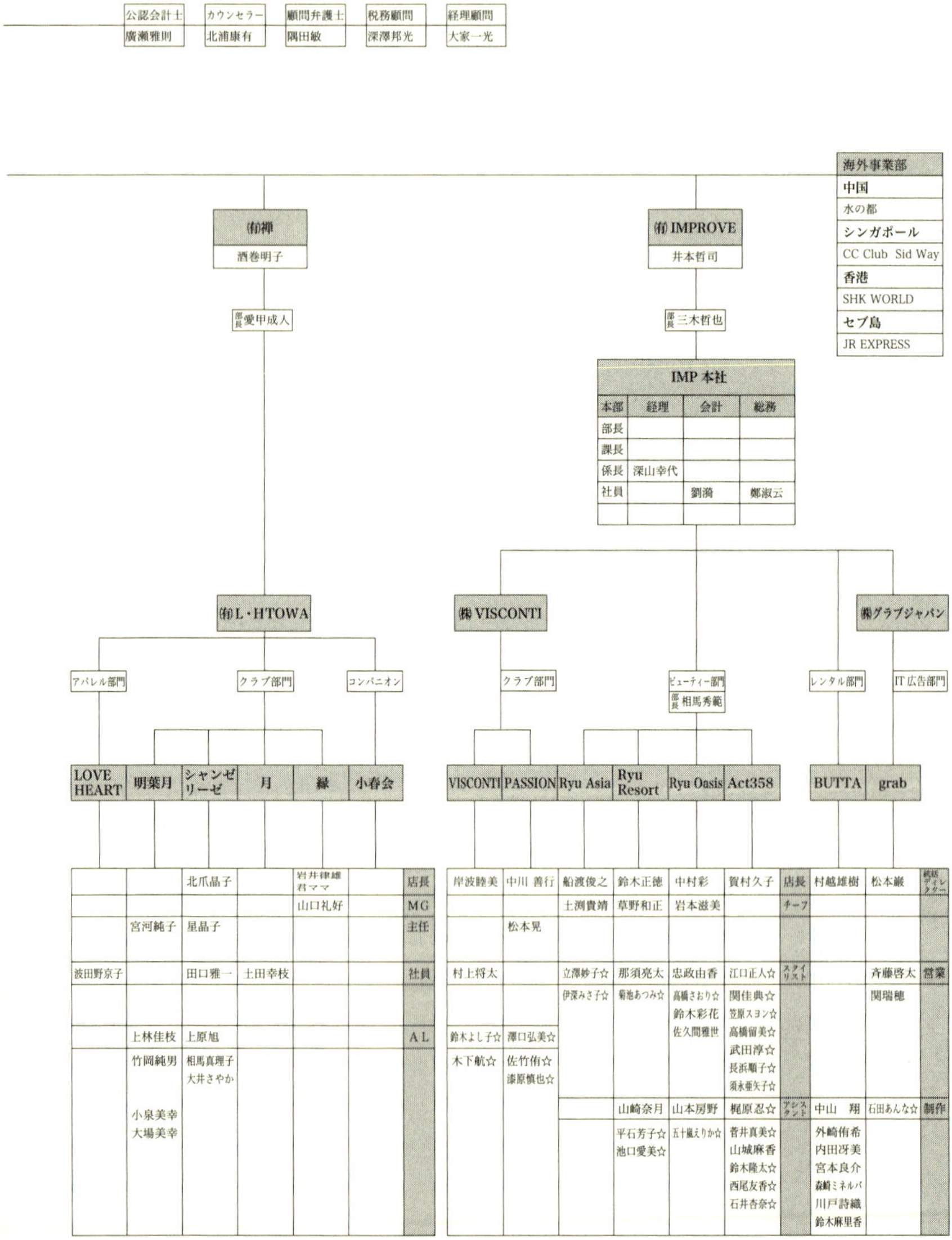

公認会計士
廣瀬雅則
カウンセラー
北浦康有
顧問弁護士
隅田敏
税務顧問
深澤邦光
経理顧問
大家一光
海外事業部
中国
水の都
シンガポール
CC Club Sid Way
香港
SHK WORLD
セブ島
JR EXPRESS
(有)禅
酒巻明子
部長 愛甲成人
(有)IMPROVE
井本哲司
部長 三木哲也
IMP本社
本部
経理
会計
総務
部長
課長
係長
深山幸代
社員
劉漪
鄭淑云
(有)L・HTOWA
アパレル部門
クラブ部門
コンパニオン
LOVE HEART
明薬月
シャンゼリーゼ
月
縁
小春会
北爪晶子
岩井律雄
君ママ
店長
山口礼好
MG
宮河純子
星晶子
主任
波田野京子
田口雅一
土田幸枝
社員
上林佳枝
上原旭
AL
竹岡純男
小泉美幸
大場美幸
相馬真理子
大井さやか
(株)VISCONTI
クラブ部門
ビューティー部門
部長 相馬秀範
(株)グラブジャパン
レンタル部門
IT広告部門
VISCONTI
PASSION
Ryu Asia
Ryu Resort
Ryu Oasis
Act358
BUTTA
grab
岸波睦美
中川 善行
船渡俊之
鈴木正徳
中村彩
賀村久子
店長
村越雄樹
松本巌
統括ディレクター
土渕貴靖
草野和正
岩本滋美
チーフ
松本晃
村上将太
立澤妙子☆
那須亮太
忠政由香
江口正人☆
スタイリスト
斉藤啓太
営業
伊深みさ子☆
菊池あつみ☆
高橋さおり☆
鈴木彩花
佐久間雅世
関佳典☆
笠原スヨン☆
高橋留美☆
武田淳☆
長浜順子☆
須永亜矢子☆
関瑞穂
鈴木よし子☆
澤口弘美☆
木下航☆
佐竹侑☆
漆原慎也☆
山崎奈月
山本房野
梶原忍☆
アシスタント
中山　翔
石田あんな☆
制作
平石芳子☆
池口愛美☆
五十嵐えりか☆
菅井真美☆
山城麻香
鈴木隆太☆
西尾友香☆
石井杏奈☆
外崎侑希
内田冴美
宮本良介
森崎ミネルバ
川戸詩織
鈴木麻里香

◉インフィニー・グループ組織図

2010年4月30日現在

●本作をより理解していただくため、眞田幹雄氏にご協力いただき、実在する「インフィニー・グループ」の組織図を掲載します。本作はこちらをもとに作成されたフィクションです。

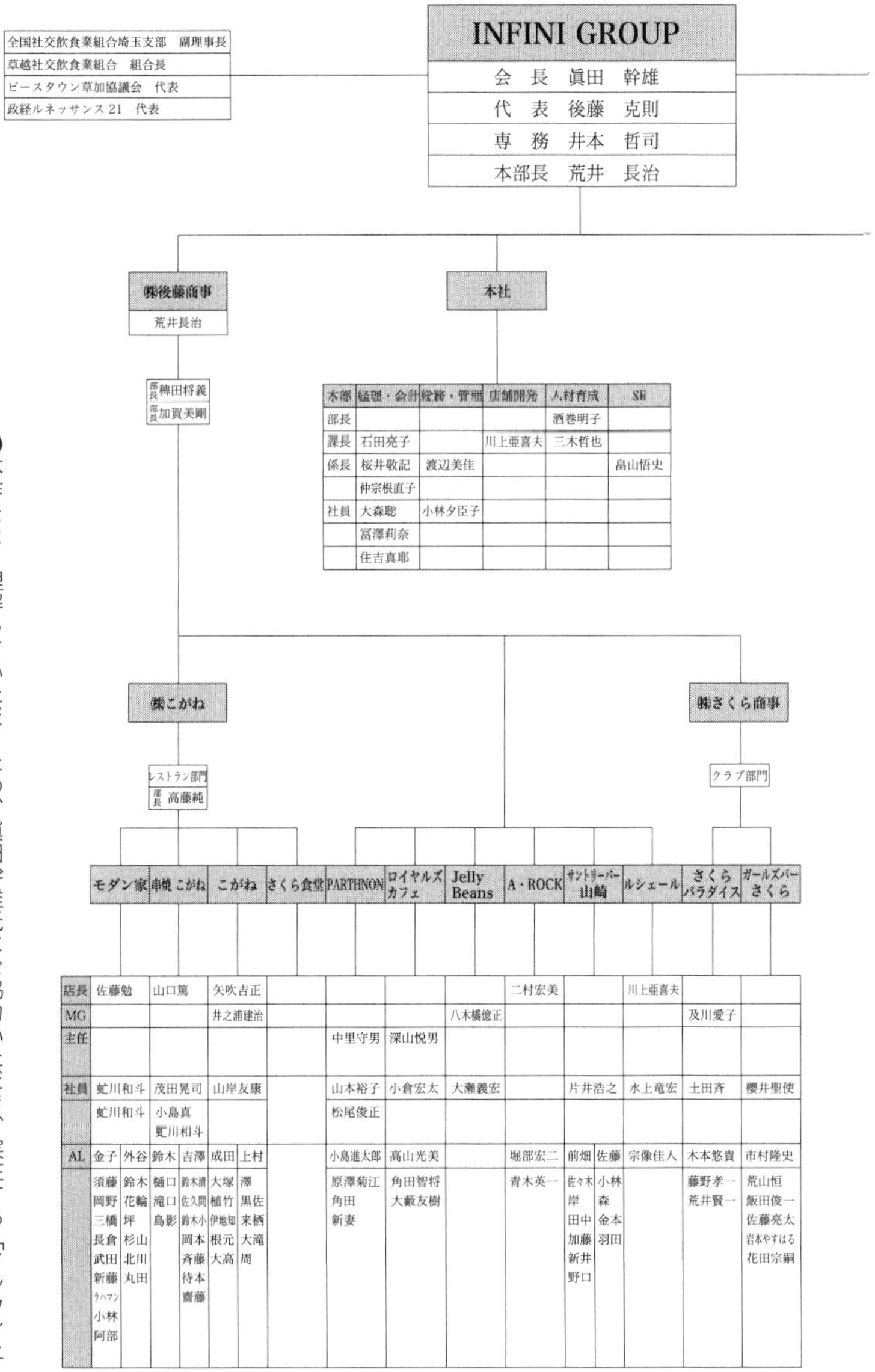

◉著者プロフィール

倉科　遼（くらしな・りょう）

1950年生まれ。現在、青年誌を中心に数多くの劇画原作を執筆している原作家。代表作の『女帝』により劇画界に“ネオン街モノ”という新ジャンルを開拓した先駆者と言われている。他に、『夜王』『嬢王』『銀座女帝伝説 順子』など数多くの作品を執筆している。

協力◉司プロダクション

パッション

2010年6月6日　初版第1刷発行

著　者　倉科　遼
発行者　大場敬幸
発行所　株式会社フリーハンド
〒171-0022　東京都豊島区南池袋3-9-8　H2ビルディング7F
TEL 03-6907-4144
発売元　株式会社実業之日本社
〒104-8233　東京都中央区銀座1-3-9
TEL［編集］03-3535-2482［販売］03-3535-4441
http://www.j-n.co.jp/
プライバシーポリシーは上記の実業之日本社ホームページをご覧ください。
印刷・製本所　大日本印刷株式会社

ISBN978-4-408-41144-6